MW01229987

Historias que me contaron

y otras que YO viví

M.G. HERNÁNDEZ

Historias que me contaron y otras que YO viví

Obra editada por: ©María G. Hernádez
Diseñadora de Portada: © Daniela Gonzalez
Diseñadora de imágenes: © M.G. Hernandez

©

Copyright © 2023 M.G. Hernandez
Todos los derechos reservados.
ISBN: **9798324893408**

Título original: ©Historias que me contaron y otras que YO viví
M.G. Hernández, 2023
Editor digital: © Editorial McPherson

mywaylh@hotmail.com
@mghernandezg
Ciudad de Panamá, Panamá

Primera edición 2024

DEDICATORIA

Con todo mi amor a mi hijo Ramon Antonio, "Pacito". A mis
inolvidables tías abuelas y a mis padres.
In memoriam

AGRADECIMIENTOS

Agradezco a Dios la vida, mis sentidos y poder contar estas
experiencias que espero ustedes disfruten tanto
como yo, al escribirlas.

Y, a mi querida Say y amigos por confiar en mi.

M.G. HERNÁNDEZ

Historias que me contaron y otras que **YO** viví

Libro I

Apariciones Y Poltergeist

INTRODUCCIÓN

Si entendemos el amor en su justa dimensión y nos regocijamos en él, nos motivará a crecer. Este poderoso sentimiento es el que nos conecta con el universo, el Creador o Dios. Por la conciencia descubrimos la existencia y razonando, determinaremos el blanco del negro, decidiendo nuestro destino. Sin esta importante capacidad no lograremos nada ni aquí ni más allá.

En estas páginas, conoceremos episodios paranormales que sucedieron en Venezuela. Las historias que leerán, todas verdaderas, nos llevarán a discutir conceptos acerca de la energía, el espíritu, la conciencia, el cielo y el infierno.

Cada quien verá las manifestaciones con un cristal diferente y, es sabio discutirlas sin llegar necesariamente, a un ángulo común. Podríamos evolucionar y cultivar la meditación para poder conectar con otros mundos, asomarnos a lo invisible, aprender de los grandes maestros la perfecta vibración del amor. ¿Qué pasaría si descubrimos que el día es una ilusión y el sueño una realidad? como en el caso del príncipe Seguismundo de la hermosa obra *La vida es sueño*, de Pedro Calderón de la Barca.

Aparte de las tres dimensiones del espacio tiempo conocido por todos; la física cuántica nos dice que hay ocho más en el Universo. ¿Es esto una locura? Yo diría que el número de planos o dimensiones o frecuencias, pueden ser cientos, miles, pero lo que llamamos "más allá", podría no estar "tan allá".

Creo que las historias nos ayudarán a tener una nueva perspectiva de los fenómenos y circunstancia que tienen que ver con nuestra naturaleza humana y el alma. Veremos con mayor claridad que la muerte solo es otra palabra de nuestro lenguaje, pero que, como la concebimos, no existe.

Por ahora tratemos de desarrollar la conciencia en el amor que representa lo divino, enriqueciendo el presente y restando valor a lo que existió y a lo que no sabemos si ocurrirá. Aceptemos de una vez que somos seres energéticos, etéreos y que, lo que es seguro, es un mañana glorioso y eterno.

Las razones por lo que algunos desencarnados rondan la tierra, son innumerables. Por tradición se decía y se cree que, son almas que buscan ayuda para poder salir del limbo, si es que se puede llamar así. Podríamos mencionar los que no aceptan, no se dan cuenta de su "despegue". Otros, temen la presencia del "Juez Supremo" y su "castigo". Los avaros estarán cautivos en sus haberes. No podemos obviar los que, haciendo uso del inquebrantable derecho al libre albedrío, prefieren "quedarse". También consideremos a los perdidos que no encuentran el camino. Sin embargo, esto es sólo mi teoría, hay otros que afirman que ellos "están" porque los mismos familiares los atan invocándolos y llorando su ausencia, además de tantas otras causas.

Hay grandes personajes y espiritistas que han cobrado prestigio por el realismo de sus historias. Con el tiempo, se han refrendado las investigaciones de hechos paranormales, creándose la facultad de parapsicología y así, se ha imprimido seriedad a lo certero, desechando la superchería.

Dentro de la Iglesia católica, cuna del descrédito a estas prácticas, tenemos hoy en día un Papa que asegura que el infierno no es más que un estado donde moran un sin número de "vivos".

Recordemos igualmente al padre Pío y sus relatos sobre las manifestaciones que hubo en su presencia. Por lo que pienso que, antes de negar, debemos razonar y estudiar cada caso paranormal que pueda interesarnos, porque el principal objetivo de las personas videntes o sensibles, debe ser, ayudar el alma a seguir su viaje.

Y termino, porque podría seguir con varios más, contándoles del sacerdote español José María Pilón, que creó el grupo Hepta en 1987. Lo formó con personas idóneas que han traído conocimientos usando todos los aparatos posibles para dar pruebas fehacientes de los casos de almas que rondan el orbe.

Investigando a este singular grupo, fue que supe que los poltergeists no son causados por los fallecidos sino por los vivos y sus emociones.

migos lectores que no son venezolanos, estas vivencias transcurren en el estado Zulia, Venezuela. Su capital es Maracaibo, conocida por ser la ciudad "Del sol amada". Me gustaría extenderme, pero dejo ese placer a mis protagonistas quienes le harán vivir aventuras increíbles y milagrosas.

El estado Zulia, se ubica en el extremo oeste de Venezuela y limita con Colombia, país con el que comparte muchas tradiciones, gastronomía y espíritu festivo. De hecho, las urbes más cercanas, Santa Marta y Barranquilla, disfrutan de un ambiente costero como Maracaibo, ciudad puerto, a las orillas del Lago de Maracaibo, el mayor lago de América del Sur.

SAY CAMBEIRO

Estos inquietantes acontecimientos que comienzo con "Los niños que jugaban con espíritus" pasaron hace algunos años; quizás con este pasar ligero de los días son más de los que imagino. Pretendo traerles detalles y para eso tendré que concentrarme y recordar. Gracias a Dios, me cuesta menos entrar en los pasajes viejos que en los nuevos, más, cuando se trata de sucesos tan peculiares.

La protagonista de los siguientes tres relatos es Say Cambeiro,  pero me preguntarán, ¿quién es ella?

Say, nació en el siglo pasado, de madre filipina y padre gallego y aunque nació en esas lejanas tierras, su padre, el profesor de historia Alfredo Cambeiro, en uno de sus viajes conoció a Venezuela y quedó prendado de su hermosa geografía, mudando a toda su familia a la bella ciudad del sol naciente, Maracaibo. El Matrimonio Cambeiro Vélez tenía dos hijos además de Say; Rosa la mayor y el pequeño Juan Alfredo, cariñosamente apodado Juancho.

Aunque ya la ciencia de la parapsicología tiene su sitio en las universidades, Say, no se interesó por ella, más bien los seres del "otro lado" vieron en ella el camino para resolver sus problemas o comunicar hechos que dejaron pendiente; si no, no se explica por qué desde temprana edad causaba preocupación a sus padres cuando les hablaba de gentes que sólo ella veía.

Los niños en el candor inherente a su edad pisan una tierra mágica donde comparten con los duendes. El mundo de los sueños donde todo puede suceder. Son seres frágiles expuestos al abuso y a la crueldad por lo que los adultos deben de velar para que crezcan seguros y felices. Estas experiencias de Say llamaron la atención a su padre, pero la madre reconoció en ella el "ADN" mediúnico de sus ancestros, entre los cuales, según familiares hubo babaylanes, una especie de chamanes austronesios que además del espiritismo, se dedicaban a la curación con hierbas y a la adivinación.

Con ese escenario la madre inteligentemente dispuso de sus conocimientos para preparar a su hijo menor Juan Alfredo, que parecía observar con igual claridad las almas inquietas. Así, desde temprana edad casi como jugando con ellas, el niño aprendió como decirles que se fueran y dejaran quieta a su hermana. Juancho, dominó de tal forma el "el arte de despedir" que sigue haciéndolo de manera eficaz, aunque ya Say no lo necesite tanto. En este libro, en el cuento "La noche de la Ouija", encontraran la prueba de su habilidad de ahuyentar los espíritus y su sangre fría.

Estas vivencias convirtieron a Say en una mujer controvertida, con habilidades extrasensoriales que con los años dejaron de ser dudosas en su entorno y más allá.

LOS NIÑOS QUE HABLABAN
CON UN AMIGO IMAGINARIO

ITALIANOS

El suceso de los niños se los contaré como testigo, recordando los acontecimientos junto a otros amigos que estuvieron y me ayudaron a escribir estas páginas, contándome cada uno su propia experiencia.

Estábamos en los albores del siglo, por allá por el año 2002. En ese entonces, ya era normal tener conversaciones sobre apariciones, brujerías y otros hechos sobrenaturales que envolvían, la hoy doctora en medicina. Tuvo Say que mudarse a la ciudad de Cabimas para lograr graduarse. La gente la buscaba, no solo para cosas importantes sino por mera curiosidad o problemillas causados por la práctica peligrosa y legendaria de la brujería.

Con el transcurso de los años, se fue formando un grupo idóneo que acudían al llamado de Say, para investigar cada manifestación de ese mundo misterioso, para el cual eran llamados con insistencia. Sabemos de sobra que, muchos hablan de estas cosas, pero pocos son los que tienen consciencia de estas experiencias escatológicas y mucho menos de los poltergeists que según mi investigación, son producto de mentes alteradas de personas vivitas y coleando, cuyos efectos son indudablemente más llamativos que los fenómenos del más allá.

Hubo una época cuando era frecuente recibir de las manos de Say regalos como inciensos, pequeñas piedras semipreciosas o agua de rosa que los maestros materializaban. Ignoro si seguirá pasando, pues tengo más de una década que no vivo en Maracaibo.

Hay un caso que les contaré como abre boca a estas historias, para que tengan una idea de las fenomenales memorias que guardo de Say.

Recibí un llamado de una señora conocida que sabía de mi cercanía con los Cambeiro, para que hiciera el favor de acercarla a una clínica donde la estarían esperando. Había oído que Say la había curado de sus ataques de epilepsia, así es que acepté llevarla. Fue una noche con el cielo despejado, de esas cuando la luna se muestra entera y de gala, como un enorme y espectacular farol en el alto horizonte. Es una visión tan bella como surrealista que abstrae la atención del conductor quien podría tener un gravísimo accidente, si se dejara llevar por su embrujo.

Llegamos al centro de salud en la calle 79 cerca de la plaza de Las Madres. Me pareció extraño porque no era la clínica donde Say tenía el consultorio. Entonces, distinguí a Rosa dentro de su carro, parecía estar acompañada. La señora se fue a su cita y yo, caminé hacia el Toyota de mi amiga para saludarla.

—Hola —dije sonriente—. Y reconociendo a su acompañante la saludé con un beso en la mejilla.

—Hola Stella.

Enseguida Rosa me indicó que entrara preguntándome que hacía por allí con esa señora que apenas conocía.

—Si, me llamó para que la trajera pues Say la citó. Me explicó que no tiene carro pues lo vendió y se compró uno en los Estados Unidos que todavía está en la aduana. ¿Y ustedes?

—Say nos pidió que la viniéramos a buscar. La llamaron para ver un policía malherido en un asalto—. Me aclaró Rosa.

Departimos por largo rato hasta que finalmente vimos salir a Say rodeada de su grupo. Me despedí de las chicas, fui a saludar y a preguntarle a la señora si estaba lista para regresar a su casa.

En el camino de vuelta, con palabras que apenas lograba hilar, la mujer sin duda confusa, me contó lo que había presenciado en la sala de choque de la clínica.

Me comentó que Say le había pedido unirse al grupo de personas que, en silencio, rodeaban la camilla. Que, sobre ella, yacía inerte un hombre de tez cetrina y abundante cabello lacio azabache; desprovisto de ropa y cubierto por una sábana que apenas lograba tapar su desnudez. Say, en el centro oraba con devoción y todos los demás de forma fervorosa mantenían su cabeza gacha. Que, de repente, en medio de la tensa atmósfera, Say la miró directamente y le dijo que extendiera sus manos. Con escalofrío recorriéndole la espalda, obedeció. Entonces, para su asombro y consternación, dos balas ensangrentadas cayeron en sus palmas.

—Si, Say tiene una gran facilidad para trasmutar, pero esto es increíble. Confesé.

—Sigo asombrada, no entiendo como lo hizo—. Expresó la señora con los nervios vivos en cada poro de su piel.

Me dio lástima dejarla en su casa con la testa atribulada, pero no podía hacer nada por ella, al menos, en ese momento. De camino a casa venía pensando en lo que me había dicho y advertí que no sabía casi nada de Say. Solo recogía fragmentos de historias que me llegaban porque estaba cerca. Más, desconocía todas las sanaciones y exorcismos en los que habían participado porque no era parte del grupo. De los Cambeiro, la persona más cercana a mí era Rosa, con quien compartía un grupo de amigos totalmeto ajenos a lo místico, soterrado y extrasensorial.

Pasemos ahora a contarles la historia de los fantasmas o amiguitos invisible de la nieta de Dalia. Para ello debo empezar por decirles los nombres de las personas que esa noche acompañaron a Say en una sinergia formidable, para que así puedan hilar la narrativa sin envolatarse.

David Ferrer, empresario y médium vidente

Leah Vázquez, esposa de David, ingeniera y médium sensitivo

Dalia, abuela de los niños

Catalina y **Ángel** Bianco: padres de **Leonardo y Fiorella.**

Todo comenzó una noche que estaba en casa de los Cambeiro. Conversaba con Rosa en la sala, cuando sonó el teléfono y lo atendí a petición. Del otro lado oí la voz familiar de Dalia, persona de la casa, por lo que saludé con confianza.

—Hola, ¿está Say?

—Déjame preguntar Dalia. Yo, estoy en la sala y no la veo.

La llamé y respondió sin prisa. Se acercó con dejo de flojera. Conversó por algunos minutos y colgó sin dar mucha importancia a la llamada.

Días más tarde me llamó Rosa para salir y de paso llevar a Say a casa de Delia. El asunto fue que, terminé yendo sola a llevarla porque a última hora le salió a Rosa, un compromiso ineludible.

Dalia vivía con su única hija Catalina, Ángel su esposo y sus dos vástagos, Leo y Fiorella.

Al sentarse en mi carro, Say tomó el teléfono y empezó a contactar al grupo que, listos, solo esperaban su llamado para salir.

—La verdad es que Dalia ha seguido insistiendo en que hay un espectro en el apartamento y todos lo han sentido, parece que Fiorella, se la pasa hablando con unos amiguitos que nadie a podido conocer.

—¿Cómo es eso Say? ¿Pueden verlos?

—¿Ellas? No creo, están muy preocupados por la niña, posiblemente sea un trasgo.

—¿Un trasgo?

—Si, suelen ser espíritus que atormentan principalmente de noche.

—¡Dios! pero he oído que los niños juegan con esos amiguitos invisibles

—Sí, ya veremos qué pasa, si hay algo, lo encontraremos.

Diciendo esto vi por el retrovisor a los Ferrer mientras estacionaban su carro detrás, frente al edificio donde vivía Dalia. Me despedí, más Say muy seria me preguntó.

—Y, ¿para dónde vas? No te vayas, bájate y te unes al grupo. Solo pudieron venir David y su esposa, necesito gente.

—¿Te parece?, pero yo no sé nada de esto?

—Claro que sí, ¿Recuerdas en tu apartamento todas las cosas que pasaron? —Say, tenía razón, ya yo había presenciado mi propia sanación.

—Oye sí, pero esto es como distinto.

—No chica, acompáñame, vamos a subir.

Y así fue como formé parte alguna vez del equipo investigativo de Say.

Cuando llegamos al octavo piso ya Dalia nos esperaba con la puerta abierta.

—Pasen adelante, los niños están con una vecina para que podamos ver qué es lo que pasa con libertad.

En silencio y sin quererme perder de nada casi pasaba desapercibida sentada en una silla del comedor, mientras "los protagonistas" oían atentamente los hechos narrados principalmente por Caty, interrumpida repetidas veces por su madre.

Evidentemente, la familia entera estaba turbada por supuestas psicofonías o tiptologías que no tenían explicación. Todos estaban convencidos de que había una o varias presencias deambulando por toda el área, supuestamente queriéndose comunicar y por ello habían convencido a Say para que viniera y viera por si misma lo que pasaba. No obstante, yo no la veía muy convencida, mientras madre e hija lucían alteradas contando los hechos.

—David, no siento nada por aquí, anda tú a un cuarto y yo iré a otro y así iremos viendo todo el apartamento.

Al entrar en el cuarto de la niña Say me cuenta que, de soslayo vio una mujer aparentemente acongojada. Quiso prender la luz, pero antes de alcanzar el interruptor esta se encendió y apagó sola. Entonces, miró fijamente a la mujer que no levantaba la cara y que en un momento se volcó hacia ella y sin darle tiempo a retroceder, le sopló fuertemente en sus oídos lo que la obligó a tapárselos y bajar la cabeza ágilmente.

—¿Qué quieres? Debes irte, dejar esta casa que no es la tuya, debes irte, estás muerta.

—Dile a mi hija que venga conmigo. Le digo, y no quiere.

—No es tu hija.

Al instante, la mujer se acercó y puso su cara frente a la de Say escudriñándola. Esta, retrocedió con recelo y le volvió a ordenar que se fuera. Inmediatamente, volvió a prenderse y apagarse la luz mientras una ráfaga de aire frío heló de tal forma su sangre que la hizo salir, encontrándose con David en el pasillo.

—Hay una mujer con un velo en la cara y quiere llevarse a Fiorella.

—En el cuarto de Leo, vi a un hombre desnudo observándolo todo, principalmente unas fotos del niño sobre la cómoda. Da vueltas sin sentido y a toda prisa, sentí mucho frío.

—Si, igual yo.

En ese momento, ambos sintieron las ráfagas de aire y un lamento pasmoso se oyó seguido de un grito apagado de Dalia que seguramente entraba en pánico.

Súbitamente, un golpe de puerta al cerrar. David y Say entraban al salón tratando de comandar el fenómeno. Ella explicó:

—A ver, siéntense tranquilos. Hay un hombre y una mujer en los cuartos de los niños, no creo que sean errantes, hay algo que no se que es, pero que no los deja avanzar, están inquietos y pueden causar mucho ruido.

Unas revistas sobre la mesa de centro empezaron a pasar las páginas con rapidez y estrépito produciendo como si fuera posible, un efecto paralizante aún mayor. Entre tanto, desde los huesos hasta la piel nuestros cuerpos se iban congelando al son de las ráfagas de aire que rodaban por toda la sala. Indudablemente, algo muy feo estaba pasando y yo, tiesa como un palo, clavada en la silla del comedor, veía todo lo que pasaba como el cronista que desde su caseta observa un juego de baseball empatado en el noveno inning.

Delia estaba más blanca que una tiza y Caty se confundía en los brazos de Ángel que tenía los ojos del tamaño de limones. En la oscuridad de la sala apenas nos distinguíamos.

Consigue papel, un cuaderno y bolígrafo. Estos espíritus no pueden comunicarse, pero podrían hacerlo por psicografías, puedo ser su médium y prestar mi mano.

Al decir Say estas palabras las luces se prendieron y el frío intenso fue cediendo, lo que devolvió algo de cordura al grupo hasta que Say dijo en voz alta.

—A ver David, consigue al señor, no siento nada.

—Si, ya lo tengo, lo veo muy inquieto y grita, pero no entiendo lo que dice.

—¿Qué quieres? Venimos a ayudarte, escribe lo que quieres —gritó Say con voz de mando.

—No oyó, creo. Déjame hablarle. —vociferó David haciendo la misma demanda—, pero según contó, el espíritu nervioso se atropellaba y no le entendía; el frío volvió a la estancia. Yo, ya estaba perdida entre las paredes. En tanto, las luces volvían a apagarse para angustia nuestra.

—Caty, ¡el papel y el bolígrafo! ¡Un cuaderno, lo que sea! ¡David!, dile que le prestó mi mano. Que la use para escribir y nos diga lo que está pasando.

El ruido era espeluznante, aunado a corrientes de aire que todos sentíamos como si alguien corriera alrededor nuestro. Caty, puso en las manos de Say el bolígrafo y Leah sostenía el cuaderno. La mano comenzó a moverse, pero de manera errática y brusca. El antebrazo era tirado hacia atrás una y otra vez y las luces volvieron a encenderse.

El miedo se precipitó. Caty lloraba y Dalia no dejaba de temblar. Ángel, haciéndose el fuerte, se aferraba a la mano de su mujer.

En ese momento se volvió a apagar la luz. David demandó a la presencia que las encendiera, porque así no sería posible ayudarlo. La sombra seguía rondando creyéndose dueño de la situación, se oyó un gemido y todos brincamos, más Say impávida demandó con voz sonora y segura.

—¿Qué esperas? Prende la luz y dinos como podemos ayudarte o nos vamos—enseguida se volteó hacia Leah y demandó:

—¡Agarra fuerte mi muñeca!

Fue entonces cuando comenzaron a dibujarse palabras precipitadamente, pero no se podía controlar al espíritu y, su ansiedad se transfería a la mano de Say en tanto llenaba hojas con escrituras casi ilegibles a una velocidad vertiginosa.

—Se llama Antonio y es italiano.

—Sí—confirma David, busca a sus hijos, no los encuentra.

Era todo muy confuso, sólo ellos se entendían. Las psicofonías cesaron, igual que el frío. La atención estaba clavada en Say que seguía escribiendo como loca.

Fue el momento cumbre de la noche cuando Say exclamó sin dejar de escribir garabatos y palabras en el cuaderno. —Los veo, David, están a tu lado. Hay una niña y un niño, son rubios, se parecen a Leo y Fiorella. Están gravitando, ¡dile que allí están sus hijos!

—¡Antonio! Aquí están tus hijos, cógelos y vete, sigue tu viaje, ¡busca la luz!

Poco a poco volvimos a la normalidad. Cosa curiosa, todos queríamos tomar agua, pasó alrededor de media hora cuando Delia salió a buscar a sus nietos casa del vecino. Las luces no volvieron a apagarse y el frío que se sentía era el normal del aire acondicionado.

Tanto Say, como David y Leah aseguraban que el espíritu del tal Antonio había encontrado la luz junto a sus hijos. ¿Pero qué había pasado? La ilación de los hechos tenía un trozo roto, ¿cómo se fueron, donde estaban los hijos?

Tomaron el cuaderno tratando de poner orden entre lo que habían oído y lo que había escrito el difunto. Al final, pudieron desenredar la madeja y esta fue la conclusión:

El señor fantasma era un italiano, igual que el dueño del apartamento, Ángel. Para más coincidencias tenía una niña, María Lucía y un niño, Renzo. Justo en esta esquina, muchos años antes, escribió, tuvo un fatal accidente y al salir del cuerpo físico advirtió su muerte. Vio a toda su familia en la calle, fuera del auto y sangrantes, y se sintió culpable porque iba manejando. Dijo ver a su esposa pasar a su lado y perderse en una luz mientras él buscaba a sus hijos en vano. No obstante, Say pensaba que la mujer que ella vio era la madre, y de seguro estaban en distintas frecuencias.

Contó que había entrado al apartamento al ver a los niños y los estuvo acechando mucho tiempo, creyendo que podían ser los suyos. Sin embargo, tras observarlos varios días y poder acercarse lo suficiente, se dio cuenta de que no lo eran. Continuó rondando el edificio, creyendo que solo había pasado un día o dos, cuando en realidad habían transcurrido años.

Renzo o María Lucía, seguramente jugaron muchas horas con Fiorella no dejándola dormir. Sin embargo, nunca jamás la niña, preguntó que había sido de sus amiguitos. Hoy, está casada y Dalia es una bisabuela feliz.

Esa noche, yo salí maltrecha, como si hubiera caminado en un campo cualquiera, un día de invierno, con fuertes vientos en contra.

ALGUNAS DE LAS PÁGINAS QUE CON AYUDA DE SAY, ANTONIO PUDO ESCRIBIR PARA EXPLICAR PORQUE ESTABA EN LA CASA

EL CUIDADOR DEL TESORO

PRIMER VIAJE

El señor Alfredo Cambeiro era un gallego bien avenido en estas latitudes por su cortesía y amabilidad con los alumnos que recibían sus lecciones de historia y, todo aquel conocido que disfrutaba sus tertulias. Quizás, debido a estas cualidades fue llamado a asistir a un señor que sin conocerlo lo había requerido en su lecho de muerte. Mayor fue la incertidumbre del profesor, cuando este le entregó en sus manos un cofre de madera con varios mapas de tesoros, diciéndole que, aunque la vida no le había permitido ir por ellos, sus ancestros le habían hablado en sueños, indicándoles que él, era único que podría hacerlo. Por más que Cambeiro preguntó y trató de saber el origen de esta decisión parvularia, no obtuvo respuesta ni del enfermo que no pudo hablar más ni de la esposa que sólo afirmaba entre llantos.

Ahora bien, si le ponemos al asunto un poco de cabeza y recordamos la historia, era muy probable que estos tesoros enterrados fueran reales y no un sueño de una noche de verano. Logicamente, debió pasar igual en otras ciudades portuarias como Maracaibo, más adelante veremos porqué.

De los tesoros y el viaje que motivó esta narrativa, me habló el profesor, una tarde de esas sabrosas y calurosas de la ciudad; cuando por causalidad me lo encontré en un café cerca de la plaza de la República, uno de los preferidos por los maracuchos para disfrutar un buen momento con los amigos y, degustar un espumoso y aromatizante café con leche. Era, sobre todo, un oasis fresco y bien equipado, para tomarse un minuto de descanso.

Solo espero que mi memoria tenga bien ajustada la historia para contárselas lo mejor posible.

Comienza así:

Durante unas vacaciones del pasado siglo, no recuerdo el año; el señor Cambeiro, con un torbellino de ilusiones danzando en su testa, salió en su portentoso y largo Cadillac El Dorado blanco, con su hijo menor, Juancho y Say, su hija adolescente, rumbo al pueblito del Consejo de Ciruma al nororiente del Estado Zulia, Venezuela.

El aire embravecido por la acción del sol rebotaba en los cristales, mientras transitaban el puente sobre el lago mermando la eficacia del aire acondicionado, pero ellos iban felices, camino a una aventura por tierras ignotas, en pos de una fortuna heredada en aras de una ilusión. Ya bajando el viaducto, una gruesa línea de cujíes de lado y lado, hacían marco al recorrido bajo un cielo azul celeste degradado a blanco que, contrastaba con la línea de verde vegetación del horizonte.

Saliendo de los peajes el profesor tomó la troncal 3 siguiendo las instrucciones que daba Say, mientras, trataba de entender el mapa en sus manos. Entonces, para mayor seguridad paró en una estación de servicio donde un amable "bombero" les indicó como llegar a su destino.

Al pasar por un pueblo que indicaba el mapa como El Meconal, volvieron a parar en una bomba con la misma preocupación, preguntando esta vez a un chofer de camión que ponía combustible quién confirmó que la ruta por dónde venían los llevaría hasta el Guanábano y al Consejo de Ciruma.

Tras algunos metros, creyeron que el manejo se pondría dificultoso pues empezaron a rodar por tierra, sin embargo, la ruta estaba bien trillada y el Cadillac recorrió el terreno sin grandes desafíos. Lo raro del paisaje era el horizonte despejado, sin interrupción de viviendas ni personas, lo que había permitido a la naturaleza extender sus pertrechos con placer, brindando un ambiente pastoril extraordinario. Al encontrar de nuevo el asfalto, fueron informados que como a 10 kilómetros llegarían al Consejo.

Nada más llegar, a los Cambeiro les enamoró el pueblo. Sus calles limpias rodeada de frondosos árboles y flores, era una estampa fresca y romántica donde provocaba asentarse. El profe, preguntó por la plaza Bolívar y casi estaba allí. Los tres se bajaron y se dirigieron hacia el busto del Libertador donde se había acordado una cita con un señor llamado Pedro que, aún no conocían y que los sorprendió sentado en una de las bancas esperándolos.

El vaquiano, con una miranda profunda en años se acercó al padre de familia y de una forma bonachona, se presentó y les invitó a seguirlos para que brindarles una bebida refrescante. El profesor se dejó llevar, intuyendo con buen tino, que la actitud del campesino retrataba un hombre formal.

Entraron a una casa en esquina cuyo jardín florido aún guardaba una fina capa húmeda del rocío mañanero. Una mata de mango a cada lado, parecían cobijar del inclemente calor la propiedad, refrescando el aire para deleite de los visitantes.

Minutos más tarde, después de tomar una jarra de deliciosa y helada agua de coco y resguardar el Cadillac en el garaje, la familia y el vaquiano emprendieron la travesía hacia los bosques circundantes.

Pedro, resultó ser una simpática compañía, además, de tener una sonrisa perenne en su cara redonda y curtida. Con machete por batuta, iba dirigiendo al grupo abriéndose camino fácilmente entre una que otra maleza que descabezaba con su hoja afilada, mientras, subían lentamente la cuesta de la montaña. No pasó mucho tiempo cuando encontraron una aldea indígena donde un grupo de mujeres se ocupaban en pilar maíz y hacer con gran habilidad unas redondas arepas que lucían suculentas. Al verlos llegar, una de ellas se levantó y los convidó a sentarse en unas sillas plásticas que sacó del rancho. La familia no se veía numerosa y todos parecían ocuparse de alguna tarea.

Enseguida surgió una conversación franca entre el señor Pedro y Carmen, la gentil anfitriona que, mandó hacer café para invitar a los recién llegados. Mientras Say y Juancho curiosos, deambulaban por las chozas.

Nada más llegar, a los Cambeiro les enamoró el pueblo. Sus calles limpias rodeada de frondosos árboles y flores era una estampa fresca y romántica donde provocaba asentarse

Ya sentados con su padre en la mesa, Say distinguió que una de las muchachas del rancherío estaba descalza. Sin pensarlo, se quitó sus zapatillas y acercándose a ella las puso en sus manos indicando que se las regalaba. Entonces sucedió que en secuencia, la generosidad tomo espacio en el grupo pues Juancho a su vez, le dijo a su hermana que se pusiera las suyas ya que no podía seguir el camino descalza. Finalmente, fue el padre quien se quitó el calzado, facilitándoselo al hijo.

Contemplando los gestos esplendidos de la familia, el jefe del caserío le trajo al profesor unas alpargatas típicas de los indígenas con suela de caucho, que él agradeció con abrazo, y calzó, satisfecho y sonriente.

Por supuesto que aceptaron la invitación a cenar, por lo que el profesor y su familia se sintieron muy agradecidos saboreando con placer las deliciosas arepas hechas en leña, acompañadas de un gustoso *perico. Ya listos y satisfechos apremiaron a Don Pedro a proseguir la marcha, pero la doñita interrumpió, para participar su deseo de agregarse al grupo con el empeño de ayudar en la comida y cualquier otra eventualidad. Pedro, que conocía sus dones, expresó su complacencia y le comunicó al profesor que la señora sería de gran utilidad. Aprobada su participación, Carmen se adentró en una de las pequeñas chozas para salir con un talego donde debía llevar sus avíos.

—Bueno, Pedro. Creo que no hay más nada que hacer aquí, ¡vamonos!

—Perdón señor profesor, siento mucho atrasar el viaje, pero vamos a tener que esperar más, son casi las siete de la tarde y presiento un peligro.

—Señor Pedro, ¿de que habla Carmen?

—No sé Don Alfredo. ¿Qué sucede mujer?

—Es que no había visto la hora. En estos días, hemos sufrido la llegada de un enjambre de grillos que se convierten en peligro dado al gran cantidad. Sobre todo, para ojos, boca y nariz. Por favor, vengan para acá y métanse debajo de esta armazón de madera que hicimos para guarecernos—. Casi ordenó la matrona levantando junto a su marido, una estructura bastante bien hecha que más bien parecía un gallinero.

—¿Está segura doña? Allí no cabemos.

—Si cabemos señor, ya verá. Sólo tenemos que agacharnos y rápido porque ya vienen, miren el horizonte—. Exclamó señalando.

Ciertamente, pudieron visualizar sin esfuerzo una nube de puntitos negros que cada vez se hacían más grandes. Rápidamente se agruparon poniéndose en cuclillas para que la pareja bajara el armazón.

Ya dentro, Cambeiro advirtió lo grande que era; por lo menos, tendría cinco metros de largo por casi dos de ancho. Todos entraron, se podría decir que cómodamente. El artesano que la había fabricado, había calculado muy bien.

—Don Pedro, usted no me dijo nada de esto.

—Bueno Profesor, por el pueblo pasan como en todas partes. Uno oye el canto de los machos y realmente no molestan como aquí en el campo.

Fue angustiante para los visitantes el ruido ensordecedor del aleteo de los insectos cada vez más fuerte. El mover las alas los machos, en su danza amorosa tan melodiosa en la ciudad, ahora sonaba implacable y ensordecedora.

—Es horrible ¿verdad? Desde hacía tiempo no venían. Considero que al empezar las lluvias se alborotan por la humedad, les gusta el ambiente y vuelven a los caseríos en grandes colonias. Ya mi marido habló con el jefe para que vayan con el alcalde a pedir que fumiguen. Como es la época, esperé hasta última hora para advertirlos, pero al ver que querían coger camino los detuve porque presentí los insectos. Cuando llegan arrasan con todo los que pueden. Tratamos de cerrar todo bien para que no entren porque se comen hasta la ropa. Tenemos que cubrir los maizales y muchas veces no basta. Son enormes como pueden ver, marrones y negros. Asustan mucho a las pobres gallinas y a los pollitos.

Mi hijo los guardó hace rato en otra jaula más pequeña para que no puedan hacerles daño. Perdimos muchos pollitos antes de hacer estas jaulas porque se perdía en el bosque. Eso sí, cuando se van, lo único bueno es que se llevan todos los insectos, no queda ni una mosca.

El zumbido enardecedor pretendía ahogarlos y los obligó a taparse los oídos. Fue espantoso ver tantos grupos de enormes bichos tratando de escalar por el alambre; causaban pánico, aunque fuera imposible que entraran por los pequeños huequillos de la malla. El tiempo parecía eterno, pero al mirar el reloj solamente habían pasado veinte minutos cuando todo terminó.

Al salir de la "jaula" el profesor advirtió a sus hijos que miraran como en el suelo habían quedado algunos insectos sin vida y las hojas de los árboles lucían picoteadas y flácidas.

Los hijos de la señora Carmen se acercaban con poncheras llenas de agua con jabón, regando el patio con la mezcla, pues según la costumbre, esto evitaba la futura oviposición del grillo.

Cuando terminaron tal faena los metió a los dos a la casa y los bendijo para luego salir y decirnos con una sonrisa:

—Lista, ahora si, vamonos señor Pedro.

—Déjeme terminar de amarrar esta linternita en mi sombrero y arrancamos. Contestó gentilmente el guía poniendo manos a la obra.

—Ya vi la que amarró en su machete, muy hábil su idea. Yo, también trajé y, por si fallan, algunos encendedores.

—Si nos fallan Don Alfredo, haré antorchas. Alumbran mejor y duran lo suficiente. Este bosque es beyaco, no se ve nada y precisamente porque lo conozco, traigo varias formas de sustituir las linternas.

En esa primera expedición, la naturaleza de los bosques que tuvieron que atravesar hasta llegar al sitio indicado, para nada puso obstáculos en su camino. La vegetación era frondosa, pero amable. Observaron a su paso añosos árboles con troncos de diámetros extraordinarios que sólo pudieron distinguir por la luminosidad de sus artilugios, única forma de poder seguir a Pedro que como guía, seguía tronchando los arbustos y malezas que se interponían en el camino.

La temperatura fue bajando y todos fueron sacando alguna chaqueta para cobijarse.

—Más adelante pararemos a descansar, hay unos techos donde cobijarnos y hacer unas fogatas para calentarnos—. Expresó Pedro. Tambien hay lámparas de queroseno para poder alumbrar.

Eran cerca de las diez de una noche, una noche cerrada y fría cuando llegaron al rústico campamento. Se reunieron bajo el techo de madera más alto y el Profesor indicó a los hijos que tomaran sus sacos de dormir y los extendieran en otro techo más bajo donde podrían descansar a salvo de las frías ráfagas de viento, gracias a las ramas que protegían sus costados. Carmen bien podría acompañarlos, ya que seguramente habría traído algo para tender en el suelo, que por cierto, estaba bastante blando debido a la extensa capa de vegetación.

—Esperen, déjenme cortar bien la maleza y tú Juancho, alúmbrame con la linterna.

Como antes, Pedro manejó el machete cortando con rapidez magistral toda la hierva y, en minutos, el terreno quedó limpio y nivelado, listo para los fatigados adolescentes; pero antes, Carmen pasó una especie de rústico rastrillo hecho de ramas y alfombró todo el espacio con cartones que había traído en su equipaje.

—¡Que maravilla! Tenías razón Pedro, que mujer tan amable y proactiva. Y, lo mejor, siempre tiene una sonrisa.

—Así es Don Alfredo, con esa manera de ser, Carmen se ha ganado el cariño de todo el que la conoce.

—Bueno, si tienen hambre, su mamá metió algunos alimentos en todos los morrales, mientras, voy a encender las fogatas con Pedro para entrar en calor. ¡Carajo! Se está poniendo muy fría la noche.

—Vamos Profesor, vamos al otro techo que esta bien alto para poder hacer hogueras y a los muchachos le hacemos otra por detrás del techo de paja, así quedaran entre los dos fuegos.

—Perfecto Pedro, yo voy preparando el agua para hacer café, nos calentará el cuerpo, mientras tanto, vemos donde vamos a dormir nosotros.

—¡Ah!, por eso no se preocupe, voy a guindar una hamaca por si usted gusta, yo me acostaré sobre otros cartones y me arroparé con una cobija que traje. Vamos a tener lluvia esta noche.

Habiendo previsto todo, los dos hombres pudieron sentarse a descansar y conversar un rato sobre la distancia que faltaba y la jornada que comenzaría temprano al otro día. Pero como les dije comenzando la historia, el Profesor era un personaje en eso de echar cuentos y esa noche nada fue diferente y los minutos corrian mientras el buen vaquiano oía con deleite interminables historias.

—Ta' bueno el café Profesor. Antes de acostarnos, vamos a acompañarlo con unas galletas *paledonias que me hizo mi mujer. Mire usted que están buenas caray.

Terminaban con el bocadillo cuando oyeron el crujir de ramas, señal inequívoca que alguien se acercaba. Instintivamente, Pedro quiso alcanzar el machete que reposaba en el suelo a su lado, pero el frío de un cañón de arma en su sien, lo hizo quedar congelado al momento.

—Quienes son ustedes y que hacen por aquí—. Preguntó con voz sonora el sujeto trajeado de militar.

—Calma señores, no tienen porque apuntarnos, somos familia haciendo turismo. Soy el profesor Alberto Cambeiro de Maracaibo con mis hijos. El señor que está apuntando es mi guía, el señor Pedro.

—Estas no son zonas para turistear, enséñeme su cédula.

—No hay problema, pero por favor, baje el arma.

—Primero me enseña su cedula. ¡Oye tu! — gritó al muchacho que los acompañaba y que parecía el guía—. Cógela y traémela.

El muchacho temeroso rápidamente tomó el documento y se lo entregó al militar.

—Acérquense, deben tener frío, aquí hay café. Los invito, por favor bajen las armas. Mis hijos duermen debajo del techito de paja.

El que parecía el jefe bajó el arma para sosiego de Pedro y dirigiéndose al Profesor exclamó:

—Estamos buscando unos bandoleros, tengan mucho cuidado. Tenemos tres días tras su pista. Tenga su cédula Profesor y gracias por el café, lo tomaremos y seguiremos nuestro camino.

Fue así como la calma y carácter afable del profesor Alfredo tuvo éxito sobre el peligro que representaban tres hombres armados hasta los dientes.

Al otro día y después de tomar un frugal desayuno, los muchachos le hicieron repetir el evento de los tres visitantes sin poder dar crédito a lo que oían y por supuesto, con total ignorancia sobre el peligro de las armas, Juancho lamentaba haberse perdido tal acontecimiento.

Comezaron la caminata con renovados bríos. El profesor, detrás de Pedro iba tratando de leer las figuras del mapa cuando levantando la voz dijo de repente:

—¡Espere Pedro! Creo que es aquí, ese hermoso árbol de corteza blanca, sin duda es el mismo que adviertó aquí—. Dijo enseñando el rancio papel al vaquiano, quien se acercó y tras mirar con detenimiento los difusos trazos convino de que era muy probable que fuera el sitio correcto; por lo que descargó el costal y se dispuso a palear la tierra.

Habría cavado alrededor de cincuenta centímetros cuando Say de repente pidió parar y con mucha tranquilidad le dijo a su padre que sentía que había espíritus inquietos y le preocupaban.

—Papá, siento unas presencias y están relacionadas con lo que está enterrado aquí.

La señora Carmen, dando muestras de su sensibilidad concretó:

—Señor Alfredo, aquí hay un lamento.

—Pregúntales quienes son, que quieren—indicó teniendo la certeza de la capacidad de su hija.

—Papa, hay uno dice que le están tirando tierra, que lo están enterrando. Creo que lo enterraron vivo.

—Claro, entiendo. Seguro fue el que excavó el agujero y para que no hablara, lo mataron.

En ese preciso momento, la señora la señora Carmen cayó al piso y con voz grave exclamó:

—Váyanse de aquí, yo estoy cuidando el tesoro, no podrán sacarlo.

—¿Qué cuento de tesoro? ¿No te das cuenta que estás muerto? —le preguntó Say con voz demandante.

—No estoy muerto, estoy hablando contigo.

—¿Cómo te llamas?

—Fernando. Estoy aquí por orden de mi capitán Rodrigo. ¡Y aquí me quedo! Váyanse o me veré obligado a echarlos en nombre de la corona.

—Que corona Fernando. La corona se acabó y tu estás muerto.

—Que no estoy muerto señora.

—Si, si estás muerto y ocupando un cuerpo de mujer que debes dejar—. Contestó Say con voz de mando.

Se empezó a oír una voz quejumbrosa que paraba el pelo. El cuidador del tesoro seguía desesperado tratando de quitarse la tierra que tiraban sobre él. Say insistía que saliera del cuerpo de la mujer y aceptara su muerte para poder avanzar, deseando liberarlo de la tortura de seguir rondando en esta dimensión, donde ya no pertenecía.

—Fernando, tu comandante Rodrigo murió hace muchos años y se fue de aquí abandonándote porque te mató ¡estas muerto Fernando!

—Señora, no traté de engañarme, no podrá llevarse el tesoro.

—A ver, muéstranos el tesoro que cuidas, yo no lo veo.

—Está aquí, lo guardo para mi señor.

—Tienes que salir del cuerpo de la mujer, estás dentro del cuerpo de una mujer

—¡No! Yo soy hombre, me llamo Fernando. ¿Qué dices?

—Tú estás muerto, te lo demostraré. ¡Tócate el pecho!

—¡Ay Dios! qué es esto, ¿cuándo me crecieron?

—No te crecieron, son los senos del cuerpo de la mujer donde te metiste. ¡Tócate abajo! Y sal de una vez.

Los gritos rarificaron el ambiente, todos los oyeron. Say explicó que trataba de localizar, de encontrar el espíritu atormentado que de manera fulminante había abandonado el cuerpo de Carmen.

Estaban perplejos a pesar de que tenían experiencias en estas lides, lo que estaba aconteciendo era demasiado fuerte, un hombre sepultado en vida era una situación aterradora, los llantos y alaridos del que no abrigaba esperanzas helaban la sangre y sin duda paralizaba los latidos del corazón.

—¡Invoca a los ángeles para que te ayuden, para que te perdonen todo lo malo!!

«¡Busca la luz, debes buscarla y la verás, anda hacia esa luz!»

Pero él andaba sin rumbo, no entendía nada de los que Say decía, entonces le indicó con fuerza al verlo postrado en el hoyo.

—Libérate, entiende de una vez que tú no estás allí. ¡Tú no estas enterrado con el tesoro!, ¡libérate, no sufras más!

—¡No puedo! —Gritó— tengo que cuidar el tesoro, no me puedo mover.

—¡Si puedes! —exclamó a viva voz Say para que entendiera.

«Allí no hay nada, no hay tesoro, ¡no hay nada! Te demostré que no tienes cuerpo que, estabas dentro de una mujer. Eres un espíritu, los espíritus están libres, debes irte, subir a la luz».

Como si hubiera pasado un ángel se sintió de repente un aire diferente. Say murmuró que hasta sentía agradecimiento. Entrentanto, indicó una tenue luz que veía ascender entre los árboles y azul cielo.

El profesor sin disimular la emoción, terminó diciendo que era imposible poner en palabras lo que sintieron cada uno de los que allí estaban. Carmen lloraba y Pedro no soltaba la pala que casi se rendía bajo la presión de sus manos.

El tesoro no apareció. Seguro estuvo alguna vez y las aguas lo movieron a otra parte o los poderes del universo, lo vedaron para los humanos. Lo cierto de esta historia es que, la recompensa de ayudar a un alma a encaminarse a la eterna paz y amor de Dios, nos brindó la mayor recompensa que podríamos querer, terminó diciendo mi querido profesor Alfredo Cambeiro.

*perico: revoltillo de huevos con tomate y cebolla

* Paledonias: galletas de panela, canela y jengibre.

Say, tomó unas ramas regadas en el terreno y confeccionó una rústica cruz que con piedad y afecto enterró en la tierra que se había extraído; señalando el sitio donde murió empalado el pobre pirata.

ATAQUES PIRATAS AL
CASTILLO DE SAN CARLOS

LAS HERIDAS DE MARACAIBO

U na de las historias olvidadas en las profundidades del tiempo, es la razón por la que fue conocida Maracaibo por primera vez. Sucedió hace muchos siglos, cuando sufrimos la agresión a nuestras costas por los bucaneros que reinaban en el infierno formado sobre las aguas cristalinas del Caribe. El principal criminal de estos anales fue el inglés Henry Morgan, ensalzado a *Sir* por su rey Carlos II, dado a sus aportes a la corona, sin importar la sangre que derramó para conseguirlos.

Sir Henry Morgan
1635 — 1688

En las paradisíacas islas de playas blancas y aguas azules, las potencias europeas libraron batallas encarnizadas por el preciado botín extraído de las Américas. Morgan, por su reputación de impío, rara vez fue desafiado por los exánimes soldados de la corona española.

En 1669 estas cualidades de extrema enajenación fueron conocidas por el pueblo marabino que, en su mayoría huyó despavorido al advertir que dicho filibustero había entrado en las lacustres aguas con la idea de atracar en Maracaibo. Aquellos que optaron por quedarse para proteger sus pertenencias, sufrieron la brutalidad de los saqueadores. Fue una masacre perpetrada por la tripulación de 15 carabelas bajo el mando del inglés. 600 hombres cual marabunta, barrieron el puerto y se adentraron por las calles armados hasta los dientes con cuchillos, hachas, mosquetes y pistolas. Entraron a las viviendas, negocios e iglesias. Sometieron a los paisanos con prácticas obscenas, hasta lograr que señalaran donde habían sepultado sus caudales, su oro o joyas. Usanza que ayudará a comprender: **"Porque hay tantos fantasmas en el Saladillo"**.

Pirata-psicópata-caníbal francés
Jean-David Nau
"El Olonés"
1630-1669

Pero este famoso sinvergüenza no fue el primero en violar nuestra incipiente población ya famosa por su comercio, sino un francés conocido por España como El Olonés, cuyo verdadero nombre era Jean David Nau, que emergió de las aguas como un demonio despiadado que disfrutaba libando la sangre de sus víctimas y comiendo sus corazones. Este desalmado navegó hacia nuestro lago por primera vez, en un barco que había apresado en aguas cubanas, capturando en el puerto, a un navío cargado de plata con el que regresó a su guarida en isla Tortuga.

Quemado por la avaricia y su turbulenta naturaleza; planificó el asalto a Maracaibo con una flotilla de 8 barcos y 650 hombres que destrozaron, si cabe decirlo, más aún la ciudad y sus habitantes, pues tuvieron la audacia de perseguirlos bosque adentro para torturarles hasta que dijeran donde estaban sus caudales.

La ciudad en todo caso, finalmente caía una y otra vez ante los embates de la fuerza bruta y cruel de estos criminales que pasaron a la historia como forajidos de la peor calaña, aunque yo diría que, los principales culpables de estas carnicerías eran las cortes europeas, cuyos monarcas para facilitarles el camino, inventaron un instrumento que llamaron **"patente de corso"** (de allí, corsario) o *carta de contramarca*, con la cual el dueño de un navío podía atacar otros barcos y poblaciones "enemigas", con el fin de hacerse de tesoros ajenos que pasaban a propiedad del reino que expedía tal bazofia, digo, documento.

Patente de Corso expedida por el rey de España

Por supuesto que es lógico suponer que dentro de esta sociedad de facinerosos existía la posibilidad de que, "ladrón roba a ladrón". Si esto fue posible, los grupos de desertores tuvieron que atravesar grandes extensiones de selva buscando donde enterrar lo hurtado, antes de volver a embarcar, o seguir huyendo hasta que zarpara su patache o galeón. Desertar de Morgan o El Olonés no debió ser fácil, pero al interés tiene cualquier cara. En todo caso, esto justificaría, el caso de El Consejo de Ciruma, en la costa opuesta a la Ciudad de Maracaibo.

El tiempo borra las mayores atrocidades e iniquidades. En la bella ciudad del sol, apenas quedan rastros de aquellos días de violencia, pero la memoria, testimonio de la humanidad, perdura en el recuerdo de aquellos que conocen la historia de cómo este pueblo emergió del fuego, con valor, voluntad y un espíritu indomable. Sus anales son testimonio de la resistencia humana frente a la adversidad, un recordatorio de que incluso en los momentos más duros, la luz siempre encuentra su camino.

Lamentablemente muchos cronistas han desaparecido, entre ellos el profesor Cambeiro, amante de los procesos americanos compilados en las estanterías de los colegios, universidades y bibliotecas nacionales que, pasó su vida estudiando, buscando el conocimientos que a su vez impartió a los muchachos y personas que, llegaban a su vida queriendo oír de sus experiencias. Quizá, fue esta la razón del ajeno legado que recibió en forma de mapas. Estuvo entonces, después de un primer viaje, empecinado en conseguir el final de un ovillo tan complicado como oscuro, debido al origen que él situaba, durante el vandalismo del siglo XVII.

Nota: Habrán advertido que usé varias palabras para designar los ladrones del mar buscando las ventajas de un amplio vocabulario y, aunque según la real academia y el uso en su época les daba etimologías diferentes, para mi, todos fueron la misma basura, verbigracia: piratas, corsarios, bucaneros, filibusteros y corsos.

SEGUNDO VIAJE

El profesor, con más tiempo y experiencia, de nuevo se organiza para volver sobre los pasos en la búsqueda del oro robado, seguramente, como les conté.

El hecho de haber heredado los mapas de un ser totalmente desconocido para él, tenía un significación mayor al confort de conseguir una incalculable fortuna. El hecho de que su hija ayudara a elevarse a una alma en pena, hacía que su teoría cobrara mayores proporciones y entonces decidió después de mucho cavilar, regresar a los bosques del consejo de Cabimas, con la intención de terminar de resolver el entresijo que obviamente circundaba esta espesa arboleda, o por lo menos, dar paz a las almas en pena.

Para este viaje el profesor emprendió una minuciosa búsqueda del médium ideal. Alguien con el coraje necesario para adentrarse sin escrúpulos ni majaredías en terrenos salvajes y abruptos del otro lado del lago. Su extenuante indagación lo llevó a conocer los integrantes más renombrados del gremio de la filosofía espírita de la ciudad, cada uno más enigmatico que el anterior.

Por otra parte, en otros viajes que hizo rastreando otros tesoros, aprendió que ciertas almas trataban de confundir hablando incoherencias, para impedir que los obligaran a salir de este plano.

Perdón por no haberles informado antes que el profesor me había enseñado los mapas. Eran varios, en distintos sitios, pero todos en el estado Zulia.

El señor Alfredo también abandonó la idea de contratar de nuevo al señor Pedro, después de un viaje de exploración en el que conoció a un señor vernáculo del bosque donde había vivido siempre, incluso, nacido. Personaje sumamente primitivo y peculiar que, a su propia usanza andaba descalzo por terrenos fragosos sin pestañar y con ropa poco convencional, si no, como se podría llamar a una bata hasta las rodillas con un cordel por cinturón. Sin embargo, el profesor hizo buenas migas con él en un santiamén, y reía a carcajadas de todas sus excentricidades.

Se encontraron entonces, el Profesor, Juancho, Say y la vidente, una señora cuarentona llamada Vilma, con el señor de los pies desnudos, el vaquiano Emiliano a las orillas del valle, ya para comenzar el ascenso a la montaña.

Fueron alrededor de cuatro horas escalando hasta llegar a un pequeño río. El sitio les pareció espectacular y propio para armar el campamento, comer y descansar. Juancho sugirió escalar unos metros y hacerlo mejor en una pequeña planicie que podía advertirse desde el río, pero su padre elevó la voz para decirles:

—Ustedes están locos, ¿no se fijan en la belleza de este paraje? Tenemos a mano el agua limpia para hacer comida y el aire templado que nos ayudará a dormir frescos toda la noche.

Empezaron a desempacar sus morrales en tanto Emiliano, machete en mano, limpiaba el terreno y con mirada aguda oteaba los alrededores en busca de algún merodeador indeseable. Luego cortó unos palos y los clavo distantes al agua y entrecruzó unas ramas por techo logrando en minutos un cobijo artesanal que sorprendió a los Cambeiro.

—Caramba Emiliano, es usted un artista haciendo un techo. Hagamos ahora una hoguera para montar la cafetera.

—Sí señor, como guste. Aquí duermo yo, y si usted quiere también cabe.

—Gracias Emiliano, pero creo que dormiré con los muchachos, más tarde.

—Bueno, yo me duermo cayendo el sol, voy a comer, tengo unos espaguetis si gusta, pan y queso. También traje unos mangos que cogí por el camino.

—Coma tranquilo Emiliano. Nosotros trajimos unos sándwiches, galletas y hasta sopa instantánea para alimentarnos. Igual se los pongo a la orden.

Say, inquieta y curiosa, dejó a Juancho con el quehacer de la tienda de campaña y se dirigió a un árbol que le llamó la atención por su gran tamaño. Era increíble su grosor, por lo que la joven se empeñó en medirlo usando sus brazos extendidos como medidores de longitud. Así qué, marcó el comienzo y prosiguió hasta obtener doce "brazadas" podríamos decir, o 24 yardas.

—¡Dios! – comentó—. Se necesitarían 12 hombres agarrados de la mano para abrazar este tronco, ¡qué barbaridad!

«Nunca había visto algo tan grande».

—Qué haces Say, porque no estas con nosotros. A ver si te pica cualquier cosa por acá—. Preguntó su hermano acercándose.

—Mira Juancho, el árbol tiene un hueco, ven, entremos.

—Estás loca hermana ¿y si hay un oso allí?

—¿Un oso? Que ocurrencia. No hay osos por aquí

—Y, ¿el oso frontino? Claro que si hay, yo me voy.

—Eres un cobarde, ven chico, no va a pasar nada—. Exclamó Say mientras ponía un pie dentro de la oquedad del gran mástil.

Al joven le dio pena dejar a su hermana y se volteó para retornar al árbol cuando ya Say estaba dentro. Llegó a la orilla del gran boquete y pudo observar un halo de luz que entraba por otro más pequeño en la parte superior.

—Entra, mira, hay otro tronco en el centro, que cosa tan rara—. Señaló Say, al mismo tiempo que pasaba su mano por el interior de la superficie rugosa del longevo vegetal. Inmediatamente, arrepentida la quitó. Se había embarrado de algo untuoso y desagradable sintiendo pánico y asco al mismo tiempo.

—¡Salgamos, algo se mueve y es horrible! — Gritó empujando al joven hacía el agujero—.¡Corre!

Say, estaba desesperada moviendo las manos sobre su cabeza como espantando moscas. Algo rozaba su cabello, sus hombros y un intenso mal olor enrareció el aire.

Juancho, presintiendo el peligro, se apresuró saltando hacia afuera y en dos zancadas estaba al lado del rio. Say detrás seguía gritando con desesperación:

—¡Ay, ay, ay! Quítenme estos animales. Unas sombras difusas se veían saliendo por el hueco persiguiéndola.

El profesor bajó a la carrera y detrás, el vaquiano esgrimiendo el machete por sobre su testa.

—¿Hija que te pasa? No tienes nada, ¡tranquilízate!

Miré señor, su hija se metió en el árbol y asustó a los bichos, mire, salieron todos. Niña, no se meta en ninguna parte otra vez sin preguntar. Estos árboles huecos están llenos de animales, menos mal que fueron murciélagos y no culebras.

—Que susto, me embarré toda la mano de pupú y se encaramaron sobre mí, los sentí papá, fue asqueroso.

—Guano hija, las heces del murciélago se llaman guano y es un excelente fertilizante.

—Como sea papá, no es divertido.

Al día siguiente, muy temprano comenzaron la caminata. Al cabo de pocas horas, el profesor hizo un alto reconociendo el terreno donde había acontecido el encuentro con el pirata Fernando que Say ayudó a partir. De repente, todos quedaron asombrados cuando la vidente, sin mediar palabra, comenzó a gritar con voz extraña, tan cavernosa y áspera, que ni siquiera había sido oída en locutor alguno. Literalmente, era una voz espeluznante.

—¡Oigan ustedes! ¡váyanse, antes que me enoje!

—Pero ¿quién eres tú?

—Contigo no voy a hablar

—¿Por qué? ¿Qué te pasa?

—Te llevaste a Fernando y me quedé solo.

—Fernando estaba muerto y se fue a su casa en el cielo.

—¡Mentira! Ustedes quieren mi tesoro, tengo muchos años cuidándolo y no se lo voy a dar a nadie.

—Papá, está pasando lo mismo que con Carmen, exactamente igual. Hay que hacer que este señor se eleve, no hay nada más que hacer.

—Bueno, pero pregunta cuantos hay cuidando el tesoro, ¿será que hay mas?

Mientras Say y su padre hablaban la señora empezó a hablar incoherencias y el asunto le pareció a Say peligroso. Entonces empezó a hacer lo mismo que la vez anterior para convencer al difunto de conseguir su camino a la luz; con paciencia, tenacidad y claridad absoluta sobre su dimensión y de como alcanzarla.

—Nadie es idóneo para estas cosas, papá, creo que no debemos insistir. Según oíste, ya no queda nadie más. Si quieres cavar más profundo para ver qué encuentras, me parece bien, pero creo que ellos o la naturaleza deslizaron el botín hacia otros terrenos. Además, con tantos años, el agua puede haberlo arrastrado lejos, muy lejos de aquí.

—Pero ¿por qué estaban ellos? ¿porque permanecían aquí?

—Quizás por miedo, por creerse vivos o para hacernos creer que el tesoro estaba aquí. Seguían en su época; para ellos, el tiempo no pasaba. Ven, regresemos al campamento que llegaremos de noche.

Al llegar, Juancho y Say, exhaustos por la jornada, montaron la tienda de campaña junto al río y compartieron una cena frugal antes de caer rendidos por el cansancio.

Profundos, volaban por el mundo de los sueños cuando la calma de la noche se desvaneció arropada en un tempestuoso diluvio.

Juancho miró a su lado y notó que Say parecía no sentir nada porque seguía dormida. Trató de cerrar los ojos, pero súbitamente un manto oscuro bordeó la estructura. La luna, antes refulgente ya no estaba ni las estrellas escoltaban su embrujadora estela, todo se volvía tenebroso para el joven que comenzó a inquietarse dentro del débil refugio.

Brincó instintivamente cuando una centella atravesó el cielo cortando la oscuridad con destellos cegadores sobre la tienda, mientras un estrépito descomunal cimbró su cuerpo e hizo sentar a Say de un tirón.

—¿Qué pasa Dios!! ¿qué fue ese ruido? ¿Juancho, está lloviendo?

—Claro ¿no sientes? —pero Say, no oyó estas últimas palabras, porque los rayos partían el cielo y, un monstruoso estallido retumbo hasta los límites del bosque que tembló hasta sus raices.

Un trueno tras otro enrevesó el ambiente y la tierra tembló con dolor bajo la incesante tormenta. Los árboles se mecían desde sus cimientos y las copas se golpeaban una contra la otra en una lucha permanente rompiendo sus ramas que arrojaban al cielo sin destino. En medio del caos, el viento pululaba y un silbido sordo se colaba entre la furia pluviosa que empapaba el entorno.

El olor a tierra mojada se revolvía con estática eléctrica, creando una atmósfera cargada de energía y misterio. Los hermanos, disminuidos, juntaron sus bolsas advirtiendo que su padre no estaba.

Con el corazón martilleando en sus pechos comenzaron a escuchar un murmullo distante y ominoso, mientras, el monstruo afuera crecía y crecía domando la naturaleza con furia y destreza. Los segundos pasaron y el murmullo se fue intensificando convirtiéndose en el rugido estruendoso de una manada de leones que heló la sangre en sus venas.

Ya, fuera de sí, Juancho salió de la bolsa y tomó a Say por el brazo para ayudarla a salir. La sintió fría o serían sus nervios hechos trizas, trató de rodearla con su brazo cuando sintió que un peso enorme caía sobre ellos y los arrastraba con inclemencia hacia las turbulentas aguas en medio de un escándalo ensordecedor. Los jóvenes presos entre las lonas de su refugio no se percataron de peligro que se corre en tierras bajas a la hora de estas tormentas tropicales, cuando los nimbostratos vacían su contenido aflojando la tierra y soltando en la humedad, las raíces que tanto favorecen la firmeza del terreno.

Su padre y Emiliano hasta ese minuto cobijados bajo el rústico techo que aguantó firme el torrente, vieron con espanto como el cerro bajaba licuado por la tempestad y empujaba con fuerza arrolladora la frágil carpa que cobijaba sus hijos.

En segundos salvaron la distancia hasta el rio, observando con inusitada alegría como Juancho y Say estaban encajados igual que sus

enseres, como estacas, entre las fuertes raíces del gran Candelo que se adentraban con generosidad en la corriente fluvial.

Sin sacar nada de sus morrales y temblando como hojas al viento, el profe y sus prole abrazados siguieron a Emiliano, quien con paso apurado los conminó a seguirles. Fue la caminata más peligrosa y forzosa que jamás hicieran. Las ramas los golpeaban al pasar por una ruta al parecer incalculable. La lluvia era copiosa y a los pies les pesaba el cuerpo más de lo acostumbrado. Fue literalmente un vía crucis con una meta que persistía infinita. Sin embargo, el ducho nativo seguía adelante y en un momento tomó a Say del codo y la atrajo hacia él, haciéndola avanzar con precisión pese a la furiosa naturaleza. Así alcanzaron una choza que, aunque precaria, tenía un techo a prueba de diluvios y un suelo de paja que brindó respiro a los cuerpos empapados de agua y pavor.

SAY EN SAN CARLOS

Las investigaciones de fenómenos paranormales suceden desde hace muchos años, hay montones de información por lo que deseo agregar a lo que escribí en la introducción, algunas cosas que considero importantes.

Algún día, este prurito que conserva el gremio académico de poner a un lado la importancia que tiene el desarrollo de la investigación paranormal va a terminar. Y, la vergüenza que dicen sentir por los científicos que dan apoyo a lo que se debería llamar ciencia, va a retornar como un bumerang por no haber percibido antes, la importancia que tiene para la humanidad y sus problemas.

Inglaterra, pareciera ser el país que picó adelante fundando una sociedad de Investigación Psíquica, en 1882. Estados Unidos detrás, lo hizo dos años más tarde.

Son varias las universidades notables que han incursionado en el laboratorio de la parapsicología y sus derivados. Sin embargo, no ha sido suficiente para que la mayoría acepte esta práctica en su pensum de estudios. Al final, estos "cursos" han sido degradados o asumidos por otros campos. Aun así, quiero sumar a estas palabras, las propias; informando que en el mundo de los medios que abarca el interés de la gran mayoría de la población mundial, los casos de médicos con experiencia ECM, siglas que se usan específicamente para indicar casos de personas que regresan del "más allá", son cada día mayores y hasta se convierten en "youtubers" como la doctora Luján Comas;

Licenciada en Medicina y Cirugía, especializada en Anestesiología que, dirige el canal *Somos Alma*. Las historias difundidas por la señora Comas, dan al traste con las enseñanzas de los claustros pedagógicos que se atreven con más ahínco a ideologizar a los alumnos, que de enseñarles la importancia que tiene nuestro comportamiento en esta vida, cara a la que vamos obligatoriamente a "enfrentar" al morir.

Por todo esto, he sentido la importancia de pedirle a mi amiga Say Cambeiro que rompa su silencio sobre algunos de los tantos casos paranormales en los que la gente la ha involucrado, para compartirlos con el mundo como un testimonio más de que la muerte no existe; es solo nuestra transición a otra etapa de nuestra evolución.

Por algunas de las historias narradas, comprenderán porque separé esta narrativa de las otras dos vivencias de Say. Y es porque esta sucede en un sitio que he nombrado varias veces, por lo que el lector ya debe de estar familiarizado: El Castillo de San Carlos de la Barra.

Para los que no son venezolanos, este Castillo está ubicado en el Golfo de Venezuela, justo en la barra o puerta al Lago de Maracaibo. Construido por los españoles para vigilar y proteger el puerto de Maracaibo en el siglo XVII.

Ganado para nuestro país en 1823, por el almirante José Prudencio Padilla en lo que se conoce como el Forzamiento de la Barra de Maracaibo. Lo que permitió a la flota patriota entrar al Lago para enfrentar a la escuadra española en la histórica Batalla naval del Lago de Maracaibo.

Desgraciadamente, esta estructura declarada Monumento Histórico Nacional en 1965; fue una lúgubre prisión, tanto en los siglos lejanos como en el muy cercano siglo XX.

Además, de la soldadesca insurgente de la colonia, San Carlos albergó en sus antiguos calabozos, los adversarios políticos de presidentes de facto que fueron inclementes tiranos como Cipriano Castro y Juan Vicente Gómez. Las torturas, eran despiadadas sin importar la casta social o intelectual de los presos; hasta los huesos de un sacerdote muy apreciado en la región, fueron a dar a una de estas mazmorras tenebrosas, sufriendo la misma inhumana actitud de cualquier otro "huésped" de las prisiones del Castillo.

Un cronista opinó en los diarios: "La historia tras su construcción resulta bastante oscura, con solo decir que los malnutridos esclavos que morían trabajando, sirvieron de relleno para sus muros. Cámaras de tortura, cabinas de aislamiento y patio de ejecuciones, San Carlos nunca fue un lugar agradable para nadie"

Sin embargo, como todo y siempre, el tiempo fue curando heridas y desapareciendo deudos; dando a este espacio tropical una segunda oportunidad que, sumado a sus coordenadas, lo convirtió en un atractivo delicioso para los turistas que buscan disfrutar plenamente del trópico, un mar cristalino y un sol esplendoroso.

Ahora, comencemos a contar lo que considero fue una gran hazaña, pues pudieron liberar a estas paredes de muchas personas que, en vida, seguramente murieron por la mano mortal de un cruel verdugo.

De nuevo aclaro que, por obvias razones, los verdaderos nombres han sido alterados. Estos hechos ocurrieron en un año olvidado de la última década del siglo XX.

Cuenta Say.

La llamaron a su casa personas del centro espírita. Le extrañó, porque nunca ha pertenecido a ellos ni a ninguna otra asociación esotérica. No obstante, ellos sí la conocían o habían oído hablar de ella y querían conversar acerca de los problemas que estaba trayendo para el turismo, los rumores de aparecidos en el Castillo de San Carlos, esperando quisiera unirse al grupo para ir a investigar.

Finalmente accedió a acompañarlos tras prolongada conversación con el director del Centro, el profesor Asdrúbal

Rincón. Por lo que preparó algunos suministros y una pequeña carpa para el descanso.

Partieron pasadas las diez de la mañana en dos vehículos. Nuestra doctora Cambeiro viajaba acompañada no solo por el director sino por la vidente Miriam y la médium Alma; así como por los jóvenes estudiantes de espiritismo, José y Alejandra. Su destino era San Rafael del Moján, una pequeña localidad ubicada entre Colombia y Maracaibo. Llegaron después de mediodía tras un tedioso recorrido de aproximadamente una hora y se dirigieron al muelle, único punto de conexión para llevar a cabo su misión.

Hubo distribución para ingresar en las dos embarcaciones que, ancladas en el mar, estaban listas para el transporte. Por ser la primera vez, Say, tuvo temor por el bote en sí y por el desconocido conductor que para nada le produjo empatía. Ciertamente inconforme, se acomodó el sombrero, ajustó los lentes en su nariz y escogió sentarse en la parte media. La lancha arrancó con fuerza hiriendo el mar y levantando una suave espuma que mojó su mano firmemente aferrada al costado.

La naturaleza tropical relajó la tensión de los viajeros en pocos minutos; deleitando sus pupilas con vistas espectaculares de una costa cubierta de vegetación tupida. Sentados en la barcaza, olvidaron todo por la experiencia de sumergirse en la paz que brindaba conectarse con el magnífico entorno. Cada paisaje era una obra de arte del creador, iluminada por un sol resplandeciente que hacía vibrar los colores de toda la acuarela ante nuestros ojos. El calor salobre azotaba sus caras y sus cabellos se estremecían al viento, mas todo era encantador.

Súbitamente, la extensión de agua aumentó y los hermosos bosques quedaron empequeñecidos en la distancia. Disfrutando la velocidad de la lancha, mi amiga sonreía y mojaba su mano con la efervescencia que levantaba el surco. Muy pronto, el paisaje comenzó a cambiar mostrando algunas viviendas y trozos de tierra arenosa semejantes a los médanos sobre un fondo de grandes palmeras, más semejantes a un paisaje de playa que, el húmedo bosque anterior.

En un tris, la barcaza se fue acercando a una costa poblada, donde otras grandes canoas esperaban por pasajeros. Desembarcaron con cuidado por el fuerte balanceo que producían las pertinaces olas y comenzaron la caminata hacia el Castillo.

Al llegar, tiraron el equipaje y se dispusieron a revisar cada rincón, pero al entrar al primer aposento los ruidos comenzaron paralizándolos; debían quedarse y descubrir los entes que los producían. Los lamentos no se hicieron esperar y pequeñas piedras comenzaron a levitar desde el rústico cemento.

Say, enseguida sintió que una montaña se posaba en su testa, demasiada energía sombría atrapada por siglos entre las rocas calizas de la otrora lóbrega fortaleza. Por otro lado, Miriam y Alma expresaron que había varios espíritus y todos querían ocuparlas, todos querían hablar.

Las miradas de las ánimas estaban en ellas, las rodearon y dejaron de hacer ruido, solo las contemplaban absortos al entender que, por primera vez, también a ellos los estaban viendo, hecho que los asombró y daba esperanza de también ser oídos.

Queriendo suavizar la tirantez y el atraso entre estas conciencias atormentadas, nuestra amiga comenzó a hablar con ellos para tratar de despegarlos de esta dimensión.

—¿Por qué pernacen aquí?

Se volvieron a sublevar, sin entender por qué no los ayudaban a salir. La respuesta fue violenta y las tres mujeres tuvieron que esquivar algunos pedruscos que venían con fuerza hacia ellas. En ese preciso instante, una de las almas logró tocar el aura de Say y con fuerza inusitada la elevó; asombrando al grupo que observaba con ojos desorbitados cómo quedaba suspendida en el aire. Inmediatamente, el Profesor la tomó por los hombros y, demandando a la entidad soltarla, logró sostenerla y asentarla con firmeza en el suelo. Con la misma y cierto mal genio, Say se acomodó la camisa y con nuevos bríos se dirigió a ellos como diciendo: "Ustedes no van a ganarme"

—Si se ponen violentos, se quedan en el calabozo por mil años más. Queremos ayudarlos, pero si tiran una piedra más o se les ocurre tocarme un pelo, ¡nos vamos! —, gritó con irritación palpable. Ella no permitía que la tocaran, y mucho menos permitía que violentaran su cuerpo. Y siguió:

—Estamos aquí para ayudarlos si quieren y se portan bien.

—Voy a canalizar a uno, me lo está pidiendo desde que entramos—. Explicó Alma y enseguida, como el arte de un acto de

Copperfield, empezó a hablar con un peso de voz ronca y un acento españolete inconfundible.

—Estamos presos, nos tienen encadenados—, dijo el espíritu canalizado

—Esas cadenas no existen, ustedes están muertos desde hace muchos años—. Contesto Say con firmeza

—Si trato de escaparme, me buscarán y colgarán en el mástil de la nao.

—Como te llamas, ¿Qué hiciste para que te pusieran aquí?

—Bartolomé. Me llamó Bartolomé y me cortaron la mano y condenaron a prisión por robar vino—. Dijo envuelto en un llanto silente mostrando el muñón de su brazo derecho.

—Bueno Bartolomé, ya cumpliste tu condena y ahora debes subir. No te preocupes por tu mano porque la tendrás de nuevo donde vas. No tienes cadenas, sacude tus manos y verás que se sueltan. Estas libre.

—¡Es verdad! ¡Es verdad! ¡Es verdad! No tengo cadenas.

—¿Ves? También todos tus amigos del calabozo están libres, diles que se sacudan las cadenas como hiciste tú y se caerán, están libres.

Se oyeron las cadenas caer. Inmóviles como en penitencia, José, Alejandra y el profesor, tenían los sentidos vigilantes captando hasta el último movimiento y sonido en la instancia. Todos oían la voz de Say y también la del difunto a través de Alma, pero solo ellas tres, oían el murmullo entre de los espíritus en pena. Contaron que, al soltarse, se sobaban las muñecas y los tobillos adoloridos.

—Vieron que lo que dije es cierto, están libres, pero también muertos, no pueden estar aquí sufriendo. Deben de subir a buscar una luz para que vuelvan a sentirse vivos y felices. ¡Suban, suban y busquen la luz!

Enseguida como siempre, se sintió una especie de vacío y, cuentan que al terminar de indicarles lo que debían hacer, se oyó un fuerte zumbido como cuando el viento se fuga por una grieta en una noche borrascosa.

—Eran cinco. El que se incorporó no se podía parar; estaba encadenado al piso y los demás a las paredes. Solamente les entraba la luz por una especie de chimenea en desuso, como un tragaluz.

—Así es—, comentó Alma ya desposeída. Fue horrible verlos encadenados, horrorizados de sus destinos.

Bueno, magnífica experiencia y resultado—. Exclamó el director—. Espero que tengamos la misma suerte en todo el Castillo. Ahora, vamos a buscar donde comer para acostarnos a descansar, ya se nos hizo tarde, mañana será otro día.

El tema no se agotó y, la conversación que privó durante la frugal comida, fueron las preguntas del señor Rincón y, de los estudiantes José y Alejandra que, querían conocer cada detalle de lo sucedido esa tarde.

Luego se fueron a caminar un rato por las plácidas orillas de la playa y al regresar, se dirigieron a los predios de una gran muralla, para armar las Carpas y tratar de descansar.

Sin mediar palabra, Say dio las buenas noches y se adentró en la pequeña tienda. Agarró un bulto redondo y extrajo una bolsa de dormir que ordenó a lo largo del pabellón. Una plegaria se escapó de sus labios mientras se acostaba apretando los ojos con la esperanza de dormirse ligero, lejos de las sombras acechantes que parecían danzar en la penumbra nocturnal.

No sabría decir cuantas fueron las horas que permaneció en la tranquilidad del mundo onírico, pero sí del sobresalto que la hizo brincar del saco donde reposaba tan a gusto. El estruendo resonaba como una estampida de caballos enloquecidos, tan potente que los gritos, lamentos y el arrastre de cadenas parecían desgarrar la misma tela de la realidad.

Intentó ignorarlos desesperadamente sin conseguirlo. A la sazón, apretó sus manos con rabia contra las orejas para impedirles el paso al tímpano, pero fue inútil; el endemoniado ruido había conseguido el camino a su mente, retumbando como acúfenos que perforaban el cerebro.

A través de la loneta de su refugio, empezaron a surgir rostros distorsionados, deformidades que se deslizaban con malévola gracia. Sus ojos, dilatados y sin vida, los fijaban en ella con una intensidad que cortaba el aliento. Como sombras grotescas, parecían insinuarle con gestos mudos que abandonara el confort de su cama, que saliera

a ayudarles a escapar, como había ayudado, tal vez, a los otros reos que no conseguían por ninguna parte.

Comenzó a rezar padrenuestros y las caras cesaron, pero en la oscuridad presentía otras figuras molestas. Distinguía formas de pies en la loneta, como si estas turbadas entidades danzaran sobre su frágil estructura, aplastándola con su peso etéreo que, aunque debía ser minúsculo, ella lo sentía como toneladas.

—¡No aguanto más! Dejen de torturarme, voy a salir—. Dijo mientras se ponía las zapatillas y emergía llamando al director del grupo.

—¡Asdrúbal, Asdrúbal! Gritó frente a su tienda

—¿Qué pasa?

—¡Pasa que no me dejan dormir! Y son varios. Tienes que ayudarme a que se vayan para poder dormir.

—Voy.

Atribulado, el hombre se sentó en el acto poniéndose los zapatos a duras penas. Su aspecto era tragicómico pues se notaba totalmente alterado y sin remedio.

Caminaron en silencio por un pasillo largo y por demás tenebroso, que elevó la adrenalina al pico. La lentitud de sus pasos aceleró las manifestaciones paranormales y los insoportables ruidos comenzaron a escucharse, esta vez con un eco que los hacía aún más tétricos.

—Esto parece un Pandemónium—. Exclamó el profesor aturdido.

—Espero que sólo lo digas como analogía porque no quiero enfrentarme a más temores esta noche—. Objetó Say

—Si, claro.

En la distancia, ambos notaron perplejos unas luces que no eran proyecciones de sus linternas obligándoles voltear sus cabezas simultáneamente.

—¡Oh! Alma, eres tú. ¿Y Miriam? — preguntó Asdrúbal.

—Viene detrás, es que los oímos y queremos ayudar. Hay un hombre que veo sigue a Say muy de cerca, no habla solo la mira fijamente.

—Si, ahora lo percibo. ¿Qué quieres? Habla.

—Pero ¿lo ves? Porque mueve los labios y señala su boca, pero no oigo nada.

—Me está diciendo que no puede, porque le cortaron la lengua.

Alma cayó al suelo sin avisar, Miriam la ayudó a levantarse cuando una voz masculina salía de lo profundo de su diafragma.

—Me cortaron la lengua mi señora, porque delaté la falta de mi capitán a su esposa.

—¿Como es eso?

—Si señora. En el fuerte se celebró el bautizo de un recién nacido. Yo era un mozalbete enamorado de Dolores, la mujer que hicieron casar con el capitán que es un viejo sucio y pervertido.

—¿Eres soldado?

—No, trabajaba fuera de la fortaleza, era un pegujalero.

—¿Pegu que? Bueno no importa, termina de contarnos, si quieres.

—Si, sí, quiero salir de aquí

—Para eso no tienes que contar nada, estas muerto desde hace muchos años y debes subir hacia la luz.

—Es que quiero que le digan a Lola lo mucho que la amo.

—Pero si Lola también está muerta.

—Por favor, búsquenla, ella sufre mucho desde que me apresaron. Yo le conté que, el niño que bautizaban no era del labriego como creían, sino del capitán que obligaba a la mujer a yacer con él en el troje. Lola fue muy tonta al ir con el cuento al Merino del fuerte, y este, fue con el capitán que me mandó a apresar.

En tanto el dialogo entre "Alba" y Say proseguía, los ruidos cesaron totalmente y, aparte de las voces protagonistas, el más puro silencio adornaba el espacio.

—Say, veo a Dolores. La tengo frente a mi extendiendo sus brazos, dijo Miriam la vidente que usaba una bola de cristal como mancía para ayudar su percepción.

—Mira tú, ¿cómo te llamas? Allí tienes a Lola, ¿la ves?

—Mi nombre es Diego mi señora, Si, si la veo—. Exclamó entre lágrimas.

—Diego, toma su mano y sube con ella hacia la luz. ¡Pero Diego!, dile a todos los que están aquí que se vayan contigo. Estarán felices sin cadenas ni malestares; estarán en paz si van hacia la luz

Alma, que aún estaba sentada en el piso, cayó hacia atrás golpeándose la cabeza.

Miriam exclamó que veía como a diez personas y de pronto no las vio más.

—Creo que limpiamos el Castillo esta noche amigo Asdrúbal.

Entre la oscura madrugada y luces ignotas del cielo, el largo y temible pasadizo se convirtió en el escenario de una historia de amor que venció la muerte y que al caer el telón llenó de rosas la vida de unas personas que ni en sueños remotos habrían podido imaginar. Menos cuando se embarcaron en esta aventura para defenestras los viejos y "malvados" espíritus que permanecían allí.

Sin embargo, bajo la pálida luz de la luna, emergió una verdad sombría: la crueldad y el desdén del adúltero que habitó en esas paredes y que incluso muerto, sus acciones continuaban provocando dolor. Su avieso proceder con una mujer sumamente joven fue invisible, pero dejó una marca indeleble en los corazones de aquellos que sufrieron en silencio, mientras la sociedad giraba en torno a la perpetuación de un orden que ignoraba a los débiles y pobres.

Y así, mientras regresaban a sus tiendas, resonaba la inquietante pregunta que había persistido a lo largo de los siglos: ¿cuántas mujeres tendrían que seguir luchando en la sombra por derechos y justicia, sacrificando su propia felicidad en el altar de la aceptación social?

En esa noche, las huellas del pasado se unían con las del presente en un símbolo silencioso de la lucha por los principios y la libertad. Y, entretanto los muertos del pasado volaban redimidos hacia la luz, la paz y el amor, en las profundidades del Castillo, quedaban los susurros de un tiempo olvidado que aún resonaban en el aire cargado de injusticias.

LOS CAÑONES DEL CASTILLO - VENTILACIÓN DE LAS MAZMORRAS

Año 2004

Ese día viernes 1 de octubre, me había levantado diligente como siempre y pasadas las 8, salía a mi rutina de chequear farmacias y tomar nota de pedidos. Tenía un negocio de importaciones y me iba de maravilla

Cerca de mediodía, me dirigí a la casa presa de dolores en mi bajo vientre, el período tocaba mi puerta como un fenómeno a mi edad. Lo más rápido que pude acorté la distancia y llegué a mi hogar sintiéndome algo aliviada.

Mi querida y hacendosa Mamigeo, que ayudaba en la casa y me alimentaba con cariño. Viéndome llegar temprano, me ofreció almuerzo, pero no quise comer sino por el contrario, volví a salir para cumplir con mi rutina de gimnasio. Durante los ejercicios, entre aparatos, pensé en el dolor que había desviado mi labor y llevado a mi casa antes de tiempo, se había desvanecido como el aire, sin embargo, el dolor no fue tan delicado.

Ya cayendo la noche, después de un sabroso chapuzón, me vestí y tomé el carro para dirigirme a la Universidad Católica Cecilio Acosta donde mi hija Ana cursaba su último año en comunicación social. Al estacionar, divisé a mi amiga de muchos años Carmen Teresa y me apresuré a salir del auto para abrazarla y darme el chance de conversar un rato.

Aparecía mi hija frente a nosotras cuando empezó a sonar mi celular y noté que era Aurita, la esposa de mi hijo Pacito.

—Hola —me dijo con voz compungida

—¿Qué pasó? ¿Por qué estás así?

—Es Ramón, tuvo un accidente.

—¡Dios! como está, ¿dónde lo tienen?

—Está muerto.

RAMÓN ANTONIO "PACITO"

Dos palabras sencillas que involucraban todo mi mundo, dos palabras de fácil comprensión, pero muy complicadas para mi cerebro que no lograba ni conjugar ni restar ni discernir lo que encerraban. En ese momento, hasta mi conducto auditivo se cerró y me quedé por minutos, en un limbo ajeno a mi consciente. Después supe por mi amiga que, rodé por la superficie de mi auto hasta sentarme en la acera.

Mi hija, sorprendida me quitó el celular y habló cuanto pudo, tratando de comprender e hilar la infortunada noticia, mientras me mantenía sentada en completo estado de ausencia.

Pasado unos minutos algo estalló en mi, despertando mi letargo y me impulsé con la fuerza intrínseca de la templanza y pedí a Ana entrar al vehículo. Agradecida, también acepté que mi amiga nos acompañara.

Llamé a Mamigeo para que viniera a cuidar a mi nieta que quedaría sola y a mi querida amiga Adela, para que me llevara al terminal de pasajeros para buscar un buen carro y chofer que me llevara a San Cristóbal, ciudad donde vivía mi hijo con su familia. Por la hora era imposible pensar en otro tipo de transporte y no quería perder un segundo más, tampoco podía ser tan irresponsable como para lanzarme a una carretera tan larga con esta desazón corriendo por mis venas.

Junto a mi amiga estuve mirando los carros de alquiler buscando uno que estuviera en condiciones para llevarnos a nuestro destino de manera cómoda y segura. Me gustó un Toyota gris, pero el dueño le pareció un viaje muy largo para la hora, eran casi las 11 de la noche. Sin embargo, fue una negativa que mejoró mi circunstancia porque un compañero que oyó nuestra propuesta, se puso a la orden e hicimos trato para viajar en su impecable Chevrolet Lúmina 99. Fue bastante costoso, pero Ana y yo, nos sentimos a gusto.

Después de las despedidas y de tener claro el periplo sin estaciones hasta la capilla velatoria, pedí que por favor no me dirigieran más palabras porque no deseaba conversación alguna y, acto seguido me acosté a lo largo del asiento posterior.

Por mera inercia había traído mi almohada. Era una costumbre llevarla en todos los viajes, reposé en ella mi atormentada cabeza que no cejaba en manifestar momentos delirantes y cerré los ojos pretendiendo acallar al cerebro. Al paso de las horas y arrullada por el ruido monótono de las llantas sobre el pavimento, me quedé dormida con la hermosa imagen de Pacito bebé en mis brazos.

Como un reloj exacto, a las 7am estaba estacionando el señor Arnulfo su Lúmina vino tinto frente a la funeraria Paolini en la calle 16 de San Cristóbal. Ana, se ocupó de bajar los maletines ya que, sin premeditarlo, mis pies simplemente entraron directo a la capilla buscando mi único interés posible.

A pesar de la hora, algunas personas estaban acompañando a mi nuera, pero no alcancé a abrazarla, no pude, quería llegar al frente del salón donde rodeado de flores yacía dormido mi corazón.

Fue sólo hasta que Ana vino a decirme que todo estaba listo en una habitación en el piso superior para que pudiera cambiarme, que entre en mis cabales en segundos y asentí.

Aurita subió conmigo para informarme que iría a buscar a los niños que ya estarían despiertos para traerlos. Estuve de acuerdo con traer a los más grandes porque Gabriela de solo año y cinco meses estaba muy bebé para que presenciara tanta tristeza y llantos, sin embargo, igualmente fue injusto que mis nietos "mayores" tuvieran que vivir tan cruel episodio a los seis y ocho años.

Bajé y me senté con la madre de una de las mejores amigas de mi hijo que insistió en conocerme porque Ramon le hablaba mucho de mí. Nos sentamos en unas cómodas sillas dispuestas en un jardín interno y allí recibí a la señora y, a otras personas que querían conocerme y contarme de sus vivencias.

Al llegar mis nietos me levanté para ir con ellos y estar con ellos todo el tiempo que necesitaran. Paolita, la mayor estaba compungida y su cara denotaba su inmensa pena. Alejandrito, por el contrario, entre risas me dio un abrazo y tomó mi mano con gran satisfacción.

No quiero regodearme en los recuerdos de ese aciago día y pasaré directamente a narrarles un corto dialogo que mantuve cuando volvíamos Paolita, Alex y yo de una panadería aledaña donde quisieron ir a merendar.

Caminaba en el centro de los dos de vuelta a la capilla velatoria cuando Ale, haló mi mano llamando mi atención y me dijo sonriente:

—No tienes que estar triste, mi papá está bien y se está riendo contigo.

—¿Por qué dices eso mi amor?

—Porque lo estoy viendo, está aquí — indicó señalando el espacio entre Paola que iba comiendo algo y yo.

Tuve que contenerme para que no saliera una lágrima y seguí caminando afirmando a mi nieto que tenía razón, que todo estaba bien y que su papá ahora estaba en otro lado, pero bien.

Si ustedes creen que ese fue la única manifestación que asombró mi corazón están errados, ni yo en los ratos más delirantes pensé oír algo tan contundente que me hiciera creer en muchas cosas que hasta ahora me había negado a creer, como son los dotes de profetizar a través de sueños como hacía Daniel en las historias bíblicas.

Al llegar de la panadería, Paolita se quiso ir con su mamá a la sala y el niño me pidió subir al cuarto conmigo para acostarse un rato y charlar conmigo, pero no pasó mucho cuando me pidió bajar y hacer lo que no había hecho aún, quería sentarse conmigo en el salón de la velación. No quise negarle tal petición. Había mucha gente, pero nadie osaba sentarse en la primera fila de sillas, no era de extrañar, los gochos siempre se han distinguido por el respeto a sus semejantes. Allí, me senté entonces con Alex que no soltaba mi mano para nada. Grandes ramos de flores rodeaban la caja que contenía los restos mortales de mi amado hijo y, precisamente esa gran cantidad de ornatos sobre el suelo le recordó un sueño que quiso contarme.

—¿Sabes? El año pasado en sueños vi todo esto.

—¿Qué es lo que viste amor?

—Todo esto, mi papá en un cajón muerto y rodeado de muchas flores

—¿Soñaste que papá murió? ¿Porque no se lo contaste?

ALEJANDRITO

—Si, si se lo conté al otro día porque no hubo clases

—¿Te acuerdas de todo eso?

—Si, lo soñé el 11 de octubre, eran la 1 de la madrugada cuando me desperté y fui a hacer pipí y me quedé pensando lo que había soñado hasta que me quedé dormido y lo volví a soñar.

—Como es eso que recuerdas que era la una de la madrugada, ¿cómo lo sabes?

—Porque mi reloj tiene luz y lo vi

Quiero terminar esta triste narración con los siguientes hechos:

Mi hijo nació un **11** de julio

Mi hijo se fue un **1ro** de octubre

Mi nieto soñó su muerte un 11 de octubre

A la **1** de la madrugada (tenía solo 6 años)

Yo sentí los dolores de vientre a las **11** am del mismo **1ro** de octubre

Mis nietos nacieron:

Paola, **1ro** de febrero

Gaby, **1ro** de abril

Alejandrito, **1ro** de mayo

Para terminar, Quiero transcribir un bello homenaje que hicieron sus compañeros de la Segunda Cohorte de Sistemas.

Homenaje a Ramón Antonio González Hernández.

Alcanzar el postgrado significó, labrar con tesón un hermoso camino que más temprano que tarde, nos llevará a alcanzar mayores metas en el campo profesional. Sin embargo, es quizá el más importante de los aprendizajes adquiridos, el haber conocido y aprendido a valorar, nuevas personas que se incorporaron a nuestras vidas para comunicar sus humildes dones.

La amistad y el conocimiento se fundieron, en el más inmenso cariño compartido durante estos dos años, sin el cual, no hubiese sido posible, ver germinar la gloriosa semilla de un éxito que más que académico, significa una conquista del esfuerzo personal, familiar y grupal.

Entre nosotros, El don de la alegría, la razón y la sensibilidad por el prójimo, nos llegó de un ser muy especial, **Ramón Antonio González Hernández ó con mayor cariño, Ramonchus,** amante del ajedrez y de aire bonachón, hoy se encuentra en un lugar mucho más importante, formando parte de la Corte de Ángeles de Nuestro Señor, Él lo llamó para dar la clase más sublime de su historia, el postgrado de la vida eterna, donde será titulado por el maestro máximo, colmándolo de medallas con sus togas y birretes, porque sabemos que donde este, sigue disfrutando de la ciencia del saber y compartir, mundo que para él fuese el más querido.

La visita de Ramón por las aulas de postgrado y nuestras vidas, nos permitió el alimentarnos de parte de su esencia, cultivada por su peculiar alegría, razonamientos profundos, ansias de saber, constancia y perseverancia.

A excepción de todo esto, es nuestro orgullo el haber tenido entre nosotros a quien fuera espléndido en cada una de las facetas que le toco cumplir, padre, hijo, hermano, amigo y profesional.

Si bien a pesar de estos seis meses, aun se nos hace difícil aceptar la idea de no verlo, estamos aliviados y alegres, porque tenemos Fe que esta con Jesús trabajando como siempre, ayudándonos a no sentir su ausencia, cuidando y velando por su familia, amigos y muy en especial, por sus hijos, quienes, en un futuro, seguirán los pasos de su carismático, constante y exitoso padre.

Sabemos que en algún momento nos volveremos a encontrar, continuará enseñándonos lo que nos decía en vida y de esta manera disfrutaremos de nuevo de igual forma, la alegría de tenerlo con nosotros.

Mientras tanto, nuestro querido Ramón está vivo en nuestros corazones y así, alegre como era, así debemos ser nosotros al recordarlo, enemigo de las lágrimas y el dolor, él está hoy aquí en la casa del Señor y en su nombre hacemos llegar un gran abrazo de parte de toda la segunda corte de la Especialización en Sistemas de Información, a su amada familia.

Muchos viven más de lo que Dios le asigno y no hacen tanto, no llenan tantos corazones como lo hizo Ramón.

Estas sencillas palabras llenas de cariño, valgan en este momento para rendirle Honor a nuestro compañero y sirvan a la vez de alfombra roja para hacer la entrega de esta medalla de grado, como símbolo a su esfuerzo por alcanzar esta especialización.

Nos queda su digno ejemplo, como un incentivo para seguir adelante, y así con su protección angélica, seguir cumpliendo nuestros sueños, ya que en sus enseñanzas lo demostró cuando nos decía:

"TODO SE PUEDE, NADA ES IMPOSIBLE, SOLO HAY QUE CREERLO."

Por último, pero no menos importante de un compañero:

Ramón….

Hace un mes saltaste de las aulas y los laboratorios informáticos, a la sala de la eternidad, a encontrarte con auditorios y escenarios de Ángeles y querubines… les llevaras tus ideas, brillantes y acuciosas, e iniciaras la investigación de la transferencia del conocimiento divino y celestial….

Te recordamos desde nuestros sitios de trabajo, desde nuestros puntos de contacto en la red, desde nuestras aulas de postgrado en donde empezaste siendo él más callado de la clase para luego ser el de la dialéctica más profunda y científica cuando nos enseñaste en mano a mano y debate público con uno de nuestros profesores, que tenías la razón sobre la conceptualización de la arquitectura cliente/servidor... te fuiste a hacer la clase más sublime de tu historia, el postgrado de la vida eterna, donde te titulará el maestro máximo y te colmará de medallas con tus togas y birretes.

Ramón, nos dejas tu presencia, con tu risa semiescondida, tus preguntas titubeantes, tus razonamientos profundos y tu dialéctica hegeliana que te hizo cambiar de grupos cuando no imponías tu criterio, a veces complejo, para los afanes de la entrega de trabajos, nos enseñaste que no siempre el que sabe está dando la clase, que el saber es más complejo, que no existen conceptos absolutos, que siempre tenemos que buscar la verdad, y te fuiste a su encuentro en el reino del señor.

Que dios te bendiga y te colme de coros celestiales…. Es el deseo de tus compañeros de postgrado en sistemas de información de la universidad Católica Andrés bello y la universidad Católica del Táchira.

Buen viaje…. Y pronto nos veremos.

Elixender Lamprea l.

EL GLOBO AZUL

Año 2020

En mi cuarto, todo enlutado, siento en mi duermevela que voy entrando al mundo onírico, quizá a otra dimensión, a otra vida. El hechizo de Morfeo va cubriendo mi cuerpo y mis párpados pesan demasiado para abrirlos, pero es gratificante. Me siento ligera y empiezo a distinguir un panorama que evoluciona con rapidez en mi mente.

Me vi algo contrariada, recostada a la baranda de la terraza de mi añoso apartamento, disfrutando un espectacular paisaje. Desde este púlpito y entre vapores de ensueño, contemplé perfiles de edificios y el lago en toda su inmensidad. Mi vista parecía abarcar ilimitadas extensiones, hasta la sombra lejana del viejo puente de mi hermosa ciudad, logré distinguir en mi delirio. Todo tenía vibrantes colores, parecía Maracaibo, un tapiz Guajiro recién tejido. No había nada viejo, ni vencido por la desidia brutal que nos ahoga, todo relucía pese a la oscura noche, bajo una gran luna llena que coqueteaba con las aguas.

Mientras me embebía en el paisaje, mi espíritu siguió subiendo hacia el majestuoso universo. Allí, busqué a Dios, quería preguntarle, porque en mis sueños, no me permitía compartir con el hijo que se fue con él sin mi permiso. Y le rogué, que le dejara venir entre los vahos de la ilusión, en esta noche maravillosa para compartir un ratito conmigo. En ese momento no recordaba, que era la víspera de su cumpleaños.

Amaneció y no soñé con él, le decíamos Pacito, porque su hermana cuando él nació, no alcanzaba su lengua a separar las silabas de su nombre y tiernamente lo llamó así, y así se quedó para mí.

Durante mi regular desayuno, mientras mordía mi deliciosa tostada con mermelada de fresa y mantequilla, noté en mi celular un wasap. Precisamente era mi hija mayor, quien no se comunica con frecuencia. Al abrir el mensaje, mis ojos no pudieron sostener la tristeza al contemplar la foto que me enviaba, donde aparecen los tres y me refiero a mis hijos. Era una foto que había tomado el último diciembre que disfruté tener mi familia completa. También fue el último diciembre que celebré la navidad. Nunca más pudieron mis manos enganchar globos de colores y luces en un árbol que para mí, solo traía tristeza.

Pasaron las horas, tomé las ollas y las sartenes, el almuerzo me quedó delicioso, hice unos espaguetis en salsa blanca que, según mi compañera de apartamento, quedaron suculentos.

Ya estábamos terminando de limpiar y recoger. Llevaba el coleto a guardar, cuando se dejó oír un alegre coro cantando el cumpleaños feliz. Entonces volvió el recuerdo a mí, y quedándome paralizada en el sitio, le comenté a mi amiga con el corazón apretao, "hoy cumpleaños Ramoncito". Ella, mirándome sonriente solo atinó a preguntarme, cuantos cumpliría. Iba a contestarle, cuando vi un globo azul entrando precipitadamente por la puerta abierta directo a mis pies. Inmediatamente sin decirle a mi amiga, y pensando solo en la pandemia lo empujé con el coleto, pero el globo como si tuviera vida se negaba a salir. Fue increíble, inverosímil, pero semejaba un ágil futbolista evadiendo mis puntapiés y coletazos. Parecía dispuesto a meterme un gol. Fueron muchos mis intentos de empujarlo fuera del apartamento y ya casi lo había conseguido, cuando desde el quicio de la puerta y de un hábil movimiento, entre mis pies volvió a entrar cogiendo vuelo como riéndose de mí. Entonces, presa de la histeria colectiva que sufríamos en ese año tristemente inolvidable, di media vuelta y de un certero golpe con mi derecha en el centro de su redonda figura, logré pasar la puerta y hasta bajarlo un escalón en la escalera. Y allí, pese a ser difícil de

entender, el globo azul se quedó, creo, muy contrariado. No se movía del confortable rincón entre el peldaño y la pared, aun cuando seguía corriendo el viento malhechor que lo llevó a toda prisa a mi salón. Cerré la puerta con premura, mientras mi amiga me proponía ir de compras y fui a arreglarme.

Ya perfumadas y alegres tomamos las llaves y salimos al pasillo ¿y que creen que vi? Pues al globo azul, allí seguía como penitente, quieto en el rincón.

Regresamos horas después y ya no estaba el globo azul. Supongo, que sintiéndose abandonado, se marchó.

Terminaba ese día domingo, 11 de julio. Me encontraba acostada, y a pesar de la oscuridad, el sopor del sueño y la huella de mi respiración incrementada con el silencio, recordé a mi hijo, el sorprendente preciso canto de cumpleaños y el testarudo globo azul.

Y de nuevo vi frente a mí con la nitidez pasmosa de la luz, la imagen soberbia de Dios. Él, me abrió los ojos del alma, para que viera lo que mi mortal cerebro no fue capaz de sentir ese domingo. Dios le había permitido a mi Pacito estar un segundo conmigo. ¡Hasta el color del globo es mi favorito! Y si Dios le hubiese dado a escoger, con que querría llamar mi atención el día de su cumpleaños, él sin duda escogería una vela de las que nunca se apagan, o un globo juguetón. Así era mi Pacito, siempre alegre, buscando el lado vivaz y enérgico de la vida, mostrándonos que las penas y las luchas, son pruebas a superar con nuestra voluntad y juicio. Y le di gracias a Dios por complacerme, porque, aunque no lo disfruté como debía, siempre recordaré ese ocurrente y hábil globo azul, que por segundos jugo conmigo como lo solía hacer Ramón.

...Mientras me embebía en el paisaje, mi espíritu siguió subiendo hacia el majestuoso universo.

CALLE CIENCIAS

FUE EN LA CALLE CIENCIAS

Era la calle ciencias, la que se mostraba derechita desde la basílica de la Chinita hasta perderse de vista en el horizonte que no era otro que el Lago de Maracaibo.

L a Casa de Corredores como la nombraba la gente, era la de mis bisabuelos, Don Emilio y doña Elvira, y supongo era muy grande. La conocí, por esas nociones empíricas que tenemos todos y que algunos saben darla a conocer de la forma diestra que tenían mis tías abuelas, como si en vez de presionar la memoria, estuvieran viendo el objeto de su interés engolosinando la palabra y tornando en magia el movimiento de las manos para hacer sentir a quien escucha, desde el calor del fogón hasta el aroma de un jazmín en flor. Ellas me enseñaron cada caña y rincón de su hermosa hechura. Casona aquella que lograron comprar los "viejos"; aquellos que decidieron emigrar con un piano a cuestas desde su natal España, para asentarse en una tierra totalmente desconocida y lejana llamada Maracaibo. Un pueblo a las orillas de un bello lago que aportaba frescura a ese territorio caribeño lleno de sol y palmeras.

Siendo de creencia profundamente católica, para los García la conexión con la curia eclesiástica fue fundamental. Por lo consiguiente, sus hijos varones vistieron el liquiliqui con paño al hombro y el sombrero plató de los servidores de María y las mujeres, el inmaculado traje blanco con cinta celeste al cuello que, sostenía la bruñida medalla de la virgen de Chinquinquirá; por supuesto, todas ellas coronadas por una impoluta mantilla blanca.

Aunque era muy pequeña, aún guardo la imagen de mis tías abuelas en la fila para comulgar de la mano de su gran amigo el padre Rosado, en la iglesia que aún llamaban Basílica de San Juan de Dios.

El padre José Ángel Rosado, era un sacerdote muy querido y popular. Lo recuerdo sentado a la mesa degustando un almuerzo y alabando las manos de la cocinera que no era otra que mi querida "Tiarosa"; esa misma que entre brumosas postales, veo en mi mente rememorando historias como esta que les voy a contar, el por qué los García decidieron mudarse de su bella Casa de Corredores del Saladillo. Yo, oía la historia sentada en el piso del salón sobre una vieja alfombra persa. Mis ojos, permanecían clavados en las expresiones de la tía, quien, sentada en uno de los mecedores vieneses, usaba su extraordinaria mímica para hacer hincapié en cada palabra mientras mi cara perdía color y ganaba espanto. En un momento y con voz apagada me dijo: "todos veíamos un muerto", mis manos acobardadas tomaron con fuerza la batata de su antepierna sin darme cuenta que la lastimaba. No era uno ni dos los hermanos que lo habían visto parado cual estatua en la mitad del céntrico patio, eran todos. En consecuencia, las noches pasaron a ser interminables. Doña Elvira trataba de poner sosiego yendo de cuarto en cuarto para darles la bendición y tratarlos de convencer de que los muertos no aparecían, pero no fue posible. Las visiones ciertas o no, estaban causando estragos en la salud mental de los hermanos.

—Pero entonces ¿no dormían en toda la noche? —pregunté con el susto manejando mis palabras.

—Si… tras un rato muy largo el fantasma desaparecía y todos nos íbamos a dormir llenos de miedo.

Todo este acontecimiento espectral tenía en jaque al matrimonio, porque Emilio no creía ni una sola palabra y cada vez más, las discusiones iban subiendo de tono. Hasta que llegó un día que harto de las letanías de su mujer y el argumento del creciente pánico en los hijos, exclamó con enfado que pondría en venta la casa. La historia del aparecido había corrido de boca en boca por todo el barrio y a pesar del buen precio, no hubo quien hiciera una oferta por la Casa de Corredores. A la sazón, el bueno de Don Emilio contrariado y disgustado consigo mismo por haber permitido que lo convencieran, se fue rezongando a la plaza Baralt para ver si sería posible poner un aviso de alquiler en la revista Panorama y de regreso, disfrutar una fría en el bar La Zulianita

Pasaron unos días y nadie se interesaba, hasta que una tarde una pobre costurera le tocó la puerta para rogarle le permitiera vivir en el caserón con su hijo, por una mísera cantidad y el juramento de cuidarlo con esmero.

El bisabuelo no tenía para escoger. Ya estaba mudado con la familia a otra casa en el sector, muy bonita pero también más chica y no permitió que por ello, alguien chistara. Hizo los papeles del alquiler y la costurera se mudó enseguida con su hijo, una caja de ollas, un mesón, dos hamacas y una máquina de coser.

Y, ahora viene lo mejor y más decepcionante para la familia García. La señora modista a los seis meses comenzó a mostrar un comportamiento inusual, y la ropa humilde dio paso a trajes de costosas telas y zapatos de alta gama propias de personas con la billetera bien resuelta. De la Casa de Corredores se veían entrar y salir señores de porte altivo, y se supo por boca del tendero que la doña fabricaba un edificio de tres pisos en la esquina de la nueva casa de los García. Asombrado de toda esta circunstancia, Don Emilio se apersonó a su casa y aunque seguía vacía se respiraba otro aire muy distante al que sintió cuando la sumisión le tocó la puerta pidiendo caridad.

—No se preocupe Don Emilio, le pagaré el doble los meses que faltan para el año del contrato, para entonces ya la casa que construyo cerca de la suya estará lista.

—Y cuénteme ¿qué paso que ahora que maneja tanto dinero?

—Es que heredé, ahora ya no tengo que coser para mantenerme.

El bisabuelo le pidió con cortesía si podía revisar la casa, y ella le respondió que en otra ocasión. Para no hacerles más largo el cuento, les diré que tuvo que esperar hasta que la afortunada le llevará las llaves el día que desocupó. Cuenta la tía que el único que no estaba enterado de lo que sucedía era su padre, porque todo el barrio comentaba con certeza, que la susodicha había sacado un entierro de morocotas y joyas preciosas. Sin embargo, la curiosidad terminó mordiendo al español y llave en mano, se fue a revisar la Casa de Corredores.

Pensativo y con la calva reverberando bajo el tenaz sol marabino, consiguieron a Emilio los dos amigos que había mandado a llamar para que ayudaran a perforar el área donde evidentemente habían hecho una reparación. Era una franja de casi un metro de ancho por algo más de largo ubicada casi el centro del solar. El cemento se contemplaba oscuro comparado con el resto del suelo, casi blanco y con delgadas grietas. Entre dos comenzaron por remover unas pesadas macetas con Flores Bella las Once que parcialmente ocultaban el remiendo, y a punta de pico lograron romper una capa de cemento que, al ceder, dejó ver una especie de tapa con asas de hierro muy rusticas. Con dificultad, lograron entre todos levantar la pesada armazón encofrada en un marco de desgastada madera y confundidos, contemplaron un hueco revestido en la misma madera desahuciada por el tiempo.

Asombrados, los compadres se miraron y uno de ellos dijo a mi bisabuelo:

—Emilio, ¡te cogieron por tonto! — y el otro agregó:

—¡Era verdad lo del muertito!

La dama venturosa apremiada por el Don, nunca aceptó haber sacado tesoros, y cabizbajo mi pobre bisabuelo, tuvo que aceptar que la vida le había hecho una mala jugada.

¡Así son las cosas! como decía el singular periodista Óscar Yanes.

Posdata: Pero aquí no terminó la historia…

Desvelando el Misterio de la Casa de Corredores

¿EXISTIÓ EL MUERTO
EN CORREDORES?

La mayoría de las personas según oídas, añoran sus abuelitos, pues a mí me ha tocado añorar a mis tías abuelas que simplemente fueron los complementos directos de una niñez feliz.

Son tres de las cinco hermanas a las que debo estos hermosos recuerdos y una de ellas, es la historiadora, es la que recuerda con alegría y narra con deleite las experiencias vividas. Precisamente de ella vino la anécdota que les narré en el pasado artículo y que recordaran que se llamaba Rosa, la "Tiarosa" como la distinguía, casi omitiendo la "a" del lazo filial.

Alcanzaría el metro de estatura cuando empecé a andar fuera de las faldas maternas. Son esos años, los primeros, cuando todo niño se ufana de tener amigos y por las noches sueña con volverlos a ver al otro día. Recuerdos estos que, se atesoran como el sustento de una vida feliz.

Mi primer solo lo hice en los escenarios de la guardería y pre kínder de una hermosa señora maestra, que siendo soltera convirtió su casa en "escuelita". En ella recibía niñas que jugaban y aprendían sus primeras letras. Entonces, me hice "mayor" y la cosa fue más en serio. Estrené uniforme y sintiéndome de lujo asistí al aula del kínder, en mi querido Colegio de La Presentación que, en aquel entonces no estaba donde hoy, sino que ocupaba una bella casona conocida por

Palacete Loyola, joya arquitectónica construida en 1926 que, lamentablemente está destruida.

Por supuesto que mi madre me llevaba y me traía, pero yo siempre quería ir a la calle derecha a la vuelta de clases, donde mis tías Rosa y Etelvina, sin embargo, no podía ser complacida todos los días y eso me molestaba algunos instantes. Cuando se me daba, la alegría cambiaba mi rostro y así pasaba las horas, porque en la casa de mis tías nunca había momentos de tristeza, pero sí de mucho miedo cuando me contaban los cuentos de aparecidos que eran los que me gustaban y elevaban la imaginación.

Así, conocí la historia de la modista que se hizo rica a costillas de un muertito que mi bisabuelo desechó. Y que, salía todas las noches en el enlozado del jardín central de la Casa de Corredores. El espectro no era socarrón, y, aun así, sin decir ¡**Boo**!, toda la prole que lo observaba temblaba de espanto desde las ventanas de sus dormitorios inmersos en la oscura noche.

Recordando lo que ya sabía y después de jugar y comer los ricos guisos de mis tías, saqué a rastras a Tiarosa de su máquina de coser y la llevé al salón donde le rogué que se sentará en su cómodo mecedor vienés.

—Vamos tía ¡anda!, termíname de contar lo que pasó con el muerto de la Casa de Corredores de Papá Emilio.

Con una sonrisa me miró por encima de sus espejuelos bifocales y se acomodó. Complacida, igualmente tomé el cojincito de la silla del piano y lo tiré sobre la vieja alfombra para sentarme y conocer el resto de la historia.

Bueno hijita, comenzó diciendo, papá andaba de mal humor desde el día que abrió el hueco en el solar. Se iba con sus amigos al bar La Zulianita de la plaza Baralt no bien terminado el trabajo, y se liaba en largas tertulias con los amigos. Mamá preocupada, nos pidió tratar de averiguar lo que había pasado para darle paz al viejo.

Así fue como los hermanos idearon un plan y se fueron ganando la confianza de personas que podrían tener acceso a alguna información. De todos, fue la consecuente Elvirita la menor, la que con su encanto y candor se granjeo el cariño de Carlitos, el hijo de la costurera que tendría aproximadamente 10 años.

Un día, conversando con él en el bautisterio de la basílica donde pensó no había fantasmas; Elvirita le preguntó como habían hecho para que el muerto se fuera. Asustado el niño se negó a hablar, lo que afectó a la pequeña de tal forma que se puso a llorar. Carlitos, inmediatamente se mostró sorprendido y contrito, se acercó a ella con cariño diciéndole que le contaría para que dejara de llorar, pero eso sí, le pidió jurar no decirle a nadie.

Según, desde antes de mudarse su madre le había advertido que, en la casona llegaba un señor de raro porte que buscaba hablar con alguien de cosas que había perdido y quería lo ayudaran a encontrar.

—Nosotros, no ocupamos toda la casa. Vivíamos en el frente donde estaba el gran salón. Mi madre puso allí la máquina de coser y la mesa, donde trabajaba y comíamos. Unicamente iba al fondo de la casa cuando iba a cocinar por las mañanas y volvía a la sala a trabajar todo el día. Colgaba las hamacas en el corredor porque hacía fresco, pero siempre me dormía solo, porque ella cosía hasta muy tarde.

Una noche, vi al señor parado en el patio. Me arropé hasta la cara porque me asusté. Al otro día le conté a mamá y ella me dijo: "no le tengas miedo, es el señor del que te hablé, pregúntale que quiere y vienes a decírmelo". Sin embargo, le dije que me daba susto, a lo que ella me respondió:

—Cuando lo veas, vienes a buscarme y yo te acompaño a hablar con él.

Así hice, pasaron unos días y una noche me paré a orinar cuando lo vi y corrí adentro. Le grité a mamá que allí estaba y mamá vino conmigo al patio, entonces le pregunté.

—Señor, ¿qué quiere?

—¿Ves dónde estoy parado? aquí, debajo de las flores, dile a tu mamá que levanté el piso y va a encontrar unas cajas que enterré. Son para ella, pero con una condición, que me mandé a decir las misas gregorianas. Y desapareció.

—Tiarosa y ¿qué son las misas gregorianas?

La Tiarosa se levantó y me dijo: "Ya te conté la historia completa, ahora déjame que tengo que hacer, y tus preguntas nunca acaban"

Fue con la incertidumbre de las misas gregorianas y lo prodigiosa que debían ser, que me tuve que ir a acostar. Por supuesto aún recuerdo que toda la noche soñé con el muertito saliendo en el patio de la casa de Tiarosa y Tiaetelvina.

Don Emilio enarboló la queja ante el consejo de La Zulianita, pero al unísono sus amigos, entre los que discurrían hombres de leyes, le dijeron que dejara la cosa así porque en tribunales el caso del aparecido sólo iba a ocasionarle burlas y dolores de cabeza.

BAR LA ZULIANITA

Nadie que naciera en el Zulia, ignoraba lo que fue el Bar **La Zulianita**. El comercio, fue un lugar de esparcimiento de las generaciones que emigraron a América, buscando un remanso de paz donde poder establecerse y levantar una familia.

Estas paredes situadas en el corazón de la ciudad donde se desarrollaba poco a poco el comercio y la banca, complacieron la necesidad normal del ser humano como sociedad.

Fue un café donde la intelectualidad se reunía para departir y compartir ideas. Un lugar divertido donde los niños degustaban helados caseros que quitaba de sus cuerpos el calor de la carrera y la pelota. Concurrido también por empleados del sector y obreros que llegaban al mostrador para pedir una cerveza con "velo de novia" (escarcha) que, hacía de esta bebida fermentada la más apetecible al paladar zuliano.

—Si no tiene el velo, no me la sirvas—. Decían con certeza los maracuchos de la época y aún los de hoy.

El Bar La Zulianita, fue el sueño de un señor llamado Pradelio Angulo, que tuvo la visión de crear un local donde la gente podría refrescarse y compartir, pues Maracaibo, nombrada "La ciudad del sol amada", precisaba de un oasis en el desierto que representaba La

Plaza Baralt y sus alrededores; incluyendo el famoso y desaparecido barrio del Saladillo, que bordeaba las espumantes olas del entonces hermoso Lago Coquivacoa.

BAR LA ZULIANITA
Plaza Baralt- Maracaibo

Vio sus primeros clientes, el 17 de abril de 1890, convirtiéndose rápidamente en el lugar predilecto de la bulliciosa capital del estado Zulia, y así se mantuvo por muchos años, como un mudo espectador de la evolución de la arquitectura, la moda y el pensamiento.

Desde científicos importantes como el doctor Guillermo Quintero, pasando por militares y prelados de la Santa Iglesia, conversaban en las mesas de la Zulianita los acontecimientos más importantes; pero también se oyó en ese bar, el verbo apasionado y encendido de grandes poetas como Idelfonso Vásquez, Udón Pérez y Blanco Fombona entre otros.

Después de 68 años el negocio de bar, heladería y confitería, cerraba sus puertas para darle paso al "progreso". ¡Qué lástima! que, en esos años, no tuviera el país, visionarios como aquellos que hicieron de Cartagena, Antigua y el centro de Panamá entre otras ciudades, tesoros para el acervo cultural de Las Américas.

Brindo por la memoria de lo que debió conservarse, brindo por las letras que, nos traigan a la memoria de donde venimos, a ver si algún día precisamos donde ir.

Nota: La siguiente historia no tiene nada que ver con fantasmas ni poltergeist; pero en su contexto tiene mucho que ver con la entretenida historia de La Casa de Corredores. Es la continuación de la vida de mis tias abuelas y su legado a la ciudad, por lo tanto, me parecio importante darla a conocer

A ELLAS:

"Gracias por mantener las tradiciones y costumbres que nos definen como pueblo. Por la sabiduría que nos transmitieron a través de sus historias y enseñanzas. Por los sacrificios que hicieron para darnos una vida mejor. Por dejarnos un legado de amor y respeto por la familia y la comunidad."

M.G. Hernández

"Pueblo que no mira atrás hacia sus antecesores, tampoco mirará hacia su posteridad

Edmund Burk

CALLE VENEZUELA—MARACAIBO

RECREACIÓN DE LA FOTOGRAFIA DE Col. ALLEN MORRINSON

ROSA Y ETELVINA

El empoderamiento estuvo muy lejos de iluminar los caminos de las mujeres en los tiempos de mis tías abuelas que fueron para mí, las verdaderas abuelas en mi vida. Recorro sus vidas y siento que se me arruga el corazón al recordar sus palabras llenas de dolor contenido, de frustración y de rabia con ellas mismas. Como la niña del "arroz con leche", bordaban y tejían maravillas, conocían de la literatura universal y además manejaban las viandas como grandes chefs de restaurantes. Tristemente, sus pieles se fueron mustiando, como todo lo que nace y crece. Sus noches melancólicas acopiaban soliloquios trastornados. Los ajuares, bordados y tejidos por ellas mismas, durmieron el sueño eterno, hundidos en el fondo de un baúl de sándalo, construido para ellas por su padre.

Que inutilidad, que desperdicio la actitud recia, empedernida y vacía de su progenitora. Seguramente calcó a su madre y supongo ésta a la suya, porque no he de entender tanta anarquía maternal ya entrando el siglo XX. El martirio abusador de aposentar los pretendientes, como quien unta de goma una estampilla. Quizás ellas ilusionadas, diariamente se conformaban con mirarse en los ojos de sus enamorados, sin pensar siquiera en el pecado venial de un beso.

Así, pasaron los años, primero por un largo duelo y después por la absurda norma de que debían conocerse bien antes de dar el sí frente al altar. Visto claramente, eran reglas humillantes ejercidas para poner las hijas *en su sitio*, un sitio, simbólicamente respetable, sin embargo, invisible, donde no tenían ni voz ni voto. Asimismo, debían soportar la chaperona, adusta persona que no por ser familia consentía algún descuido.

La historia que oí de sus propios labios, de sentir como se culpaban de no haber defendido sus amores, no la olvido y quizás su ejemplo me ayudó en mis coyunturas, a tomar importantes decisiones cuyos frutos son las alegrías que he disfrutado en mi vida. Mis tías abuelas Rosa y Etelvina inconformes y luchadoras, aunque nadie las recuerde, orgullosamente debo brindarles este homenaje, porque a pesar de toda la tristeza que cargaron, dejaron su huella en la historia de nuestro querido Maracaibo.

Ellas, decidieron unir sus vidas para salir adelante. Dispusieron hollar sus propios caminos, tutelar sus vidas y consentir sus deseos. Usarían lo que bien sabían hacer y demostrarían que eran las mejores. Tenían suficiente para rodear o vencer desafíos, por lo que hicieron negocio por una casita en la calle derecha y además de los muebles heredados de sus padres; compraron un par de modernísimas máquinas de coser *Singer*.

La fama de sus extraordinarias agujas corrió como luz por doquier, y en un abrir y cerrar de ojos tenían la mesa llena de demandas. Sin embargo, algo mucho mayor llegaba de la mano de Justo González, prestigioso comerciante que había fundado una empresa textil en 1926 llamada The Best, ubicada en su propio edificio de la avenida El Milagro. González, buscando las mejores sastras para confeccionar las camisas que esperaba ofrecer al número creciente de profesionales de entonces, oyó hablar de las hermanas García de la calle derecha y sin perder un paso, se dirigió a la dirección que le habían facilitado.

Me contaron, que les costó aceptar la proposición. Tenían ya buena clientela bordando los trajes de novia que, aunque les daba mucho trabajo, mayor también era la compensación.

Mas esta vez, el universo no se hizo de rogar y la ayuda llegó a la misma puerta. El amigo presbítero José Ángel Rosado, que era asiduo visitante como les he contado, ahora traía bajo el brazo una encomienda de monseñor Godoy; innovador sacerdote y periodista, que el papa Benedicto XV había nombrado Obispo del Zulia. El ungido, conocía muy bien a la familia García Portillo, sobre todo a las hermanas que, eran hijas de María y constantes compañeras en la misa vespertina y los rosarios, en el Templo de San Juan de Dios.

La propuesta que les hacía el prelado no podía llenarlas de mayor gozo, éste las invitaba a confeccionar los mantos que luciría la Virgen de Chiquinquirá en los altares y en las andas que la llevaría a pasear por las calles de su amada ciudad. No recuerdo las fechas de la historia, pero por lógica, puedo asegurar que hicieron la capa de su coronación en noviembre de 1942.

TIA ROSA A LOS CASI 90 AÑOS

Como pueden ver, en aquellos lontanos años, los más distinguidos señores se vistieron con las camisas *pret a porter* hechas por Rosita y Etelvina, quienes desplegaban en su mesón enormes rollos de tela para poner una sobre otra y cortar varias piezas a la vez. Las prendas ya listas pasaban a ganchos en largos maderos de donde eran tomadas por una planchadora que al final las doblaba con pericia para meterlas en bolsas de celofán.

Cuantos rollos de colores pasteles vi entrar por el zaguán de las tías mientras jugaba con Oliver el perrito sato más hermoso que jamás vi. Hoy, son vestigios de imágenes que a veces creo que solo fueron frutos de mi calurienta imaginación.

Asimismo, quizá pueda existir algún manto que hicieron para la China, en algún baúl, en algún cajón, de algún rincón…o puede que no, que todo haya sido olvidado y consumido por el tiempo que es inclemente con los sentimientos, con la memoria; pero yo, emocionada, hoy traigo este relato con el mayor orgullo de mi estirpe, de la nobleza digna de estas señoras que supieron ver la vida con la frente alta no importando la pena que ocasionó la brecha generacional tan profunda de su época y mayormente aguda, recóndita e insondable de la humanidad presente. Un presente en este nuevo siglo que avanza a pasos agigantados en un mundo herido de muerte y al parecer sin esperanzas de cura.

PAPÁ EMILIO

"La vida consiste no en tener buenas cartas, sino en jugar bien las que uno tiene."

Josh Billings

"La vida es una aventura atrevida o no es nada."

Helen Keller

PORQUE TANTOS FANTASMAS

EN EL SALADILLO

Hablar del pasado es reconocer nuestras raíces y enseñar con orgullo nuestra cultura. Y, para introducirlos al barrio de El Saladillo, debo insistir en los albores de la historia y esto nos retrotrae a seguir donde lo dejamos en "Las Heridas de Maracaibo".

Los españoles empeñados en la conquista y los anglosajones y celtas en extraer de las tierras y sus habitantes todo el oro que pudieran, pescaban en rio revuelto en contra del reino peninsular.

Desde el siglo XVI, Maracaibo, puerto pobre de riquezas y peor defensa, fue presa fácil de innumerables piratas que buscaban insistentemente las rutas que los llevaría a encontrar el mito delirante creado por los españoles, El Dorado.

Los reinos europeos, tomaban parte en la rapacería usando cualquier desalmado marino apertrechado en Jamaica; nido de innumerables ratas que deambulaban con sus carabelas, sembrando el terror en las costas caribeñas. La historia nos narra algunas odiseas, siendo una de la más violentas, debo repetir, la del sicario Morgan, que meramente dejó en esta tierra su nombre convertido en adjetivo; y es que la palabra "muérgano" se sigue usando en el Zulia, para señalar alguien tan malvado e inescrupuloso como él. Este desalmado filibustero, no solo saqueó el puerto y su gente, sino que burló audazmente a los españoles que custodiaban la barra para huir al mar abierto satisfechas su codicia y paranoia.

Cientos de barcos y marinerías espantaban a los nativos pues las embestidas en búsqueda de oro, plata, tabaco, azúcar y esclavos eran siniestras y sangrientas. El pánico cundió y se incrustó en la médula de todos los habitantes de la naciente ciudad, por lo que, seguros de no ser defendidos y sin la pericia necesaria para defenderse, desde los hacendados hasta los más pequeños comerciantes, comenzaron a enterrar en los patios de sus casas botijas llenas de oro y joyas; única forma práctica y segura que instauraron para resguardar los valores. Los que no tenían terrenos, horadaban en las gruesas paredes de bahareque una especie de hornacinas para lograr esconder los pocos o muchos valores que poseían.

Y… esto trae a mi mente otra anécdota familiar. Sucedió en la casa de las hermanas Rosa y Etelvina de la calle derecha, la cual me hizo comprender que la riqueza fácil no estaba convenida en esta familia no importando las veces que esta tocara a su puerta. Increíble pero cierto, el fenómeno del muertito de la Casa de Corredores, (artículos anteriores) no fue lo único asombroso en las casas del Saladillo que alguna vez ocupara algún miembro de la familia García.

Empezó esta historia un día cualquiera. Rosa, visto el deterioro que el tiempo y la humedad habían causado a la pared de fondo del comedor, buscó el consentimiento de su hermana para usar una cantidad de sus ahorros en repararla. Ellas, ocupadas en sus tareas cotidianas, encubrían el estropeo colocando par de vitrinas donde guardaban lo que quedaba del patrimonio familiar y cuidaban con gran esmero. Una longeva vajilla de porcelana, enseres varios y un juego de café de plata, únicas e invaluables posesiones que habían dejado los ladrones que las visitaron cuando viajaron a Mérida de vacaciones dejando el hogar desamparado. Mi madre me contaba que, la cuantiosa perdida se debió a la terquedad de sus tías de no llevar tales riquezas al banco. Fueron varios los frascos colmados de morocotas que cargaron los amigos de lo ajeno. Prosiguió mi madre contándome con marcada admiración, del mueble que, según las hermanas era impenetrable y donde con enorme confianza guardaban ese gran tesoro en monedas de oro. Era un mueble bellísimo, hecho con inusitada creatividad por su bisabuelo, donde la seguridad de las gavetas se confundía porque las cerraduras no estaban en las mismas sino disimuladas en los costados. Esta genialidad del ebanista, ocasionó para males la destrucción de su obra, pues los malhechores le cayeron a martillazos quedando convertido en madera para fogón. Me explicó, que mis tías abuelas no cesaban de lamentarse por la fortuna perdida y el gavetero, puesto que lo vinieron cargando en su travesía al cruzar el Atlántico buscando mundos de paz. Así mismo aconteció. Su madre y hermanos tardaron horas amarrando telas alrededor de varios muebles que Doña Elvira insistía en traer con ella, y que, pese a que serían metidos en cajas de madera, tozudamente insistía en resguardar con exceso, el gavetero y el piano. Muchos años después me explicaba Tía Etelvina, quien fuera gran pianista que, el poseer este instrumento era casi una norma en la España de finales del siglo XIX

Pero es que esto no fue todo, los rufianes no conforme con el afortunado hallazgo, procedieron a entrar en la pequeña capilla de la vivienda para despojar a los santos de todas las ofrendas de oro que también venían de la península europea, y que reposaban sobre los brazos de las imágenes junto a las de los devotos criollos que, habrían recibido la bondad de solventar sus problemas y penas, mediante la intermediación de los santos de las tías.

Poniendo a un lado la irreverencia y total falta de pudor de los intrusos, me referiré a una humilde talla de San Antonio de Padua que se hallaba en esa misma capillita y que me enamoró al verla siendo aún una chiquilla. Fue labrada igualmente por mi tatarabuelo, me fue legada muchísimos años después y, aún la conservo con algunos de los vetustos milagros de latón que no interesaron a los ladrones.

Pero volvamos a las paredes dañadas del comedor.

Rosa, recibió dos sujetos que, recomendados por el oficioso tendero de la esquina con calle Ayacucho, se aparecieron muy temprano en la puerta con sus camisas tiesas de almidón y un talego en bandolera donde guardaban sus aprestos de albañil. Siendo las tías, total ignorantes del repello, se pusieron de acuerdo en el coste del remedio, e inmediatamente el par de hombres pusieron manos a la obra.

Ya casi al medio día, Rosa salió de la cocina para ver cómo iba el trabajo y ofrecerles almuerzo a los esforzados trabajadores, pero se consiguió con las "vitrinas" puestas de nuevo en orden contra la pared y las bolsas con las palas, llanas, niveles, etc.etc. en el suelo. Sin ningún resquemor, se devolvió a la cocina para terminar con la cocción de los alimentos, reflexionando sobre la idea de que, debió de haberles avisado temprano que les ofrecería almuerzo. En ese momento, oyó que la puerta de la calle se abría y se devolvió creyendo que regresaban, pero no eran ellos sino Etelvina que llegaba acalorada de su diligencia en la casa The Best.

Pasó la tarde y la noche. Al otro día, Etelvina salió muy temprano a hacer diligencias. Rosita, sola en la casa daba vueltas preocupada porque los obreros no llegaban. Ya al mediodía, no aguantó más y se fue a la tienda a hablar con el dueño.

—Oiga señor Fulano, ¿sabe dónde están los albañiles que me recomendó?

—No sé, señorita Rosa.

—¿Pero usted no los conoce?

—Bueno, sí. Ellos han trabajado en varias casas por aquí y me han dicho que son muy buenos. ¿Qué le paso?

—Bueno, es que desde ayer a mediodía se fueron, dejaron sus cosas y no han vuelto.

—No puede ser, ¿Y dejaron sus cosas? Entonces algo les pasó. Déjeme hablar con Alberto que sabe dónde viven a ver qué me dice y voy hasta su casa a decirle.

Pero tal cosa no hizo falta, pues en ese momento Alberto, quien era el repartidor y ayudante, aparecía en la puerta. Nervioso al oír lo acontecido explicó que, no veía a sus vecinos desde el día anterior cuando los acompañó en el autobús. Entonces, Rosa aún más intranquila, regresó a la casa pensando en lo que pudo ocurrirles.

Llegó la tarde y Etelvina sin comer más cuentos, hizo llegar a mi madre la noticia de lo que pasaba. Avisado mi padre, enseguida llamó a uno de sus empleados para que lo acompañara recelando el hecho. Al llegar, entre ambos movieron las vitrinas para ver lo que habían hecho.

¡¡Oh sorpresa!! En la pared desnuda se podían observar tres oquedades de distintos tamaños, de bordes indefinidos y entre ellas una palabra repetida que se podía leer claramente, escritas una sobre la otra en forma de cruz: TRINITAS.

Todos en la habitación quedaron mudos hasta que Etelvina dijo en tono de disgusto: "¿Hasta cuándo?"

Mi padre, según cuentan, abrazó a mi tía y le dijo que debían dar gracias porque no les habían hecho daño y que no se preocuparan por la pared, pues él mandaría a un hombre de confianza a arreglarla. Sin embargo, al llegar a la casa señaló a mi madre que, con toda seguridad, los tipos habían sacado de los huecos en la pared botijuelas llenas de oro.

Se puso la denuncia y Alberto fue detenido y cuestionado un día entero, pero el pobre no sabía nada y se dijo que hasta mojó los pantalones. Requisaron su vivienda y las de los obreros donde tuvieron que tumbar las puertas para entrar porque nadie contestaba. Allí, todo parecía estar en su lugar menos los cuartos donde había ropa sobre la cama y los escaparates abiertos de par en par se mostraban muy vacíos. La policía montó guardia en la cuadra por más de una semana y los susodichos nunca aparecieron.

Y ahora, terminando esta parte, del porque el título: *"Por qué tantos fantasmas en el Saladillo",* les diré que decían que, las almas en pena vagaban tratando de conseguir quien sin miedo estuviera dispuesto a ayudarlos a sacar lo que habían enterrado para descansar en paz.

Las leyendas urbanas que cierran estas historias, refieren que, muchos obreros contratados para derrumbar el famoso barrio, durante el gobierno de Rafael Caldera (narrativa a continuación) abandonaron los trabajos porque consiguieron oro enterrado y resolvieron sus vidas.

Así, me lo contaron…

Yo, viví tal desastre en 1971 cuando los genuflexos seguidores del presidente, planificaron sin noción alguna, la destrucción de uno de los barrios más significativos de nuestra amada Maracaibo que, nunca debió de ser demolido de la forma en que lo hicieron.

Solo les pido que invisibilicen la política en esta narrativa, no es mi pretención, es sólo el deseo de alzar mi voz contra la profanación a nuestra cultura.

EL SALADILLO

Cerca de la ciudad de Maracaibo, la hermosa capital del estado Zulia en el oeste de Venezuela, se encontraba una salina que dio nombre a uno de los barrios más populares de esta ciudad: El Saladillo. Es, en este suburbio donde se tejieron las historias que han leído en este libro, junto con muchas otras que podrían llenar una biblioteca entera y ser el deleite de los oyentes y lectores.

A finales del siglo XVII, el capitán Juan Andrade construyó una ermita en honor y culto a San Juan de Dios, desde donde la pequeña comunidad de entonces decidió expandirse. En estos parajes, vivía una señora molendera en una casita propiedad de la señora María de Cárdenas. Su nombre, según las investigaciones hechas por el servidor de la Virgen, el arquitecto Lino Antonio Perozo Vílchez, nos confirma que, el nombre de esta señora bendecida por el Altísimo, se mantiene en el misterio, pues jamás se ocupó de tener relevancia en esta historia.

Algunos aseguran que fue en 1709, mientras que otros dicen que fue en 1749, pero ciertamente en el siglo XVIII; la señora que llamaremos María, se levantó muy temprano para ir a lavar su ropa al lago, junto a otras vecinas; cuando vio flotando en las aguas una tablita idónea para tapar su provisión de agua guardada en un cántaro de arcilla.

No sabría decir cuanto tiempo pasó sobre la tinaja, cuando María distinguió unas imágenes que le hicieron dar mayor importancia a la madera, colgándola en una pared.

Por la agenda del arquitecto supe que fue el dia martes 18 de noviembre, que la Señora oyó unos golpes que desestimó mientras molía cacao, pero al repetirse el ruido por tercera vez, con curiosidad se encaminó al sitio de donde creyó provenía y observó con asombro que desde la tablita salían rayos luminosos, distinguiendo con precisión la representación de la Virgen del Rosario, San Andrés y San Antonio de Padua.

Cuenta la información que pasó de boca en boca, que fue tal la luminosidad que algunos creyeron que la chocita quedaría en brasas llevándose al cielo la pobre mujer. Sin embargo, pronto los marabinos quedarían maravillados con el fenómeno que contemplaron en la humilde vivienda. Este milagro, que originó todo un alboroto de fe y regaló a la ciudad su patrona, nuestra señora de Chiquinquirá, selló la fama de este barrio cuyo destino fatal se firmó siglos después, en 1970..

La mayor incongruencia del presidente Rafael Caldera, un hombre cuya fama de culto lo precedía, siempre será recordada por haber destruido esta popular barriada. Fueron planes llevados a cabo por hombres capitalinos sin nociones del arraigo e importancia que tenía El Saladillo para el acervo zuliano.

Vimos hombres luchando por impedir la destrucción, como el insigne médico e historiador Roberto Jiménez Maggiolo. Según relata él mismo, se aferró a un enorme ceibo cercano al Hospital Central, el mismo árbol donde Bolívar amarró su caballo durante su visita a Maracaibo. En esa ocasión, Bolívar se hospedó en La Casa de Hierro y, desde su balcón, saludó a la gente. Lamentablemente, esta histórica casa también fue demolida para construir un banco.

En este contexto, es pertinente recordar la famosa frase que dice:

"Quien olvida su historia está condenado a repetirla".
Jorge Ruiz de Santayana, filósofo español.

También es justo recordar a nuestro amigo Fernando Perdomo, quien pasó horas frente al Teatro Baralt, bajo el extenuante sol, entregando volantes pagados por su propio bolsillo, donde llamaba

FERNANDO PERDONMO

COMO MARIITA CARRASQUERO

la atención y buscaba apoyo contra el arrasamiento sacrílego que pretendía hacer con esta icónica morada que durante siglos abrigó las ambiciones del arte y la cultura marabina. Ni siquiera se contempló la trascendencia de su origen durante el comienzo de 1875, cuando los amantes del arte escénico construyeron un escenario techado de enea, en el solar de Don Miguel Antonio Baralt.

Desafortunadamente, la demolición del Saladillo se llevó a cabo en nombre del "progreso", dejando solo añoranzas en el aire; recuerdos cautivadores llenos de la autenticidad y belleza del gentilicio zuliano. Estos recuerdos fueron recogidos por artistas, historiadores y bardos, y podemos disfrutarlos a través de libros, pinturas y cantos como la gaita.

"Te acuerdas, saladillero, yo sé que te lo imaginas, a mi Saladillo entero, mi barriada tan genuina, tus retretas, los dulceros, las gaitas en las esquinas, hoy verlo da desespero, pues solo quedan sus ruinas".

"Te Acuerdas Saladillero". Grupo "Cardenales del Éxito".

Solo la Calle Carabobo quedó como muestra fidedigna del auténtico Saladillo.

Nota: La tablita fue trasladada a la iglesia en honor a San Juan de Dios, la misma que fundó el capitán Andrade.

TEATRO BARALT

Los techos rojos de la barriada. A lo lejos, la Basílica de
Chiquinquirá y el Hospital del mismo nombre
La foto inferior nos trae la escena de la demolición de la primera
vivienda de la calle derecha

LA NOCHE DE LA OUIJA

NOCHE DE AMIGOS

Éramos un grupo de muchachas y muchachos con las edades entre los 25 y 35 años que, nos apandillábamos por largas horas y compartíamos literalmente la vida.

Aún no llegaba la era de las computadoras, los celulares ni mucho menos las ideas globalistas, el feminismo insulso, las fulana Ideologia de géneros y las distorsionadas leyes de inclusión que perturban a tantos. Florecía un pensamiento progresista, audaz y valiente.  Defendíamos la mujer, sus derechos e importancia en la sociedad sin arruinar la idea con la política. Siempre inclusivos con el universo exceptuando irrespetuosas, insensibles y ofensivas personas.

Tampoco nuestro país había tenido la inmersión en el socialismo que, llevaría a los venezolanos como ríos caudalosos a salir buscando nuevos derroteros. Nadie, ni en la peor pesadilla, podía imaginar la depresión que llegaría con el nuevo siglo.

Desde nuestra filosofía y corazón libre, no le dábamos importancia a la sociedad, sus prejuicios, dilemas ni incoherente violencia. Sencillamente cohabitábamos con ella.

Nuestros encuentros tenían predilección por ciertos sitios y uno de ellos era, el inolvidable café Kabuki en lo más céntrico de la avenida 5 de julio que, con su soleada terraza era el sitio preferido para tomar el café de la mañana y calentar motores. Por la noche, la cosa cambiaba porque también servían licor, lo que aprovechábamos para tomarnos un whiskisito después de degustar los deliciosos platos del menú, y ser atendidos por sus eternos y dedicados empleados. Sin duda, debo hacer un paréntesis para testimoniar que el café servido en Kabuki, era digno del mejor barista de hoy en día, siendo en esos tiempos desconocida la profesión como tal. Lamentablemente, el Centro Comercial Icuma, donde se asentaba este Café, hoy no es más que un terreno baldío esperando el día de la resurrección.

Mi historia, ocurre una noche de estas de Kabuki prolongada hasta altas horas en otro café que nos complacía, arrastrando las mesas casi hasta la acera, donde en fila india aparcábamos nuestros vehículos sin precaución y con las ventanas abiertas. ¡Que de historia contaría esa esquina! también en la 5 de julio, pero con la Bella Vista. Allí, debajo de lo que antes era una hermosa pérgola de concreto, funcionaba el Café Tropical.

Esa noche, el grupo se fue diezmando lentamente al transcurrir las horas; no todos podían quedarse hasta tarde. Fue entonces, cuando Magaly tuvo la idea de convidar a su casa a jugar la Ouija. Yo, nunca había tenido en mis manos dicho tablero, pero si había visto con horror la película "El Exorcista"; aun así, me apunté. Como verán, mi curiosidad seguía tan latente como en los tiempos de Tía Rosa. Asimismo, siempre tuve el hábito para bien o mal, de prolongar el disfrute de la buena compañía. En fin, liada en la aventura tomé mi carro y me enrumbé a Santa María, urbanización donde quedaba el apartamento que habitaba nuestra amiga. Con Magaly venía Rosa y la doctora Flores, quien se rehusó a compartir por su trabajo mañanero en el hospital. Rosa, enseguida se ofreció a llevarla expresando su desinterés por el juego, por lo que quedamos: Magaly, Juan Alberto o Juancho, como le decíamos todos, William y la cuentista.

Llegamos al piso 12 y entrando, Magaly nos dijo que debíamos hacer bien las cosas. Buscaría una vela o velón, porque debíamos jugar a oscuras. La cuestión me pareció un rito que prometía diversión, busqué el vaso con agua que me dijeron debía colocar al lado del velón que ya lucía imperioso sobre la mesa del comedor. Al instante, Magaly salió del dormitorio con la Ouija en la mano y la abrió dándole instrucciones a William de apagar la luz; seguidamente, se sentó de espaldas al gran ventanal que ocupaba casi toda la pared, y que de ancho tenía dos cuerpos no menores de unos 65 centímetros cada uno. A su izquierda frente a mí se sentó Juancho y entre él y yo, quedó William. De los cuatro, el único que tenía experiencia con "fantasmas" era Juan Alberto que, desde niño supo manejarlos en su casa, pero esa es otra historia.

Unimos las manos sobre lo que yo llamaría, "el ratón" del "juego", pues moviéndolo a su gusto, el difunto señalaría las letras para formar palabras. Les cuento y créanme, que no pasó tiempo cuando miré a mis amigos cuestionándoles:

—¿Quién carajo está moviendo la mano? ¿Tu Juancho? —pregunté incrédula. No le dio tiempo a responder. Un ruido estrepitoso se oyó por todo el apartamento helándonos la sangre de un solo golpe. Los cuatro nos miramos con una enorme interrogación en la cara, ciertamente, un espíritu concurría a nuestra irresponsable e inexperta invocación, y su presencia perturbadora estaba haciendo desastres escalofriantes. De momento, oímos como sacaba todo el contenido del closet principal y lo tiraba al suelo.

Nadie movió un músculo mientras seguían las cacofonías. Esta vez fueron los grifos del baño los cuales abrió dejando correr el agua, mientras nuestros cuerpos temblorosos comenzaron a sentir que el miedo elevaba su temperatura. En nuestros brazos, los vellos parecían almidonados reflejando nuestro estado totalmente alterado.

No recuerdo si gritamos cuando un sonido sordo, como el de una piedra al golpear un cristal se escuchó, incrementado por demás. Miramos al unísono a las ventanas, pero estaban perfectas; cuando creímos verlas caer a pedazos por el estruendo.

¡De repente! por si fuera poco, reflejado en el vidrio advierto el imagen de lo que parecía una antorcha y a la par sorprendo a Magaly petrificada con la boca abierta en total turbación y silencio.

Rápidamente volteé aterrada sin poder creer lo que percibía, un papel encendido y sus cenizas caían en la alfombra. Ya, con este flameante suceso todos nos levantamos y fue Juancho quien terminó de apagar con el zapato, el exiguo papel que aún ardía. Magaly, inmediatamente lo conminó a revisarlo todo. Luego, uno detrás del otro fuimos a los cuartos y al baño, queríamos comprobar lo que había pasado, si la ropa aún estaba dentro del closet y las llaves del baño herméticamente cerradas. No obstante, Juancho nos pidió sentarnos y volver a poner las manos en el tablero ya que debíamos hacer que, quien quiera que fuera el allegado debía irse. Cuando terminamos de pedirle amablemente que se fuera, no se sintió nada más y Magaly todavía nerviosa le volvió a decir a Juancho que por favor revisara bien, hasta por debajo de las camas por si quedaba algún desencarnado, a lo que él contestó que ya lo había hecho.

En ese momento brincamos al oír de nuevo un ruido y volteamos como un solo ser hacia la puerta de entrada que se abría. Era Rosa que llegaba.

Todos nos atropellamos contándole la historia. Ella, parsimoniosa, nos fue mirando uno a uno y con ironía nos dijo que, a otro con ese cuento; pues cuando le quisimos enseñar los restos del papel abrasado que habíamos recogimos y desechado en la papelera de baño, descubrimos confundidos que el "invitado" nos había hecho otra jugarreta, la cesta estaba totalmente vacía; según, el papel encendido nunca existió. Entonces, le mostramos el segmento deteriorado de la alfombra donde cayó, y nuestra palabra escaló a la certeza.

Hoy, pasado tantos años les diré que no he aceptado nunca más, otras invitaciones que me han hecho a jugar este pavoroso juego que, para mí no es tal, sino una puerta abierta a cualquier energía que pueda pasar por esa oquedad supuesta entre las dimensiones. Lo que pasó allí, no puedo explicarlo y conversando con Magaly me decía que, este hecho debía tener un trasfondo espiritual que nosotras dejamos ir, quizás por desconocimiento, miedo o indiferencia y que deberíamos de trascender esta experiencia, que no fue para nada una tontería.

¿Hubo en el espíritu la necesidad de comunicarnos algo? La respuesta no la tiene nadie. Lo que sí puedo contarles es lo que pasó semanas más tarde en mi casa, un día de tantos cuando nos reunimos. Estaba yo buscando algo de música frente a un mueble, a unos dos metros del sofá donde Magaly estaba sentada, cuando se dirigió a mí, y con su cara muy seria me dijo:

—Acabo de ver a alguien detrás de ti. Detrás de mí, no había nadie.

Quiero terminar este artículo recordando con el más puro pensamiento a nuestro querido William que dejó este plano hace unos años. Quizás él en su cielo tenga la respuesta. O, quizá fuimos presa de alguna de nuestras mentes y fuimos testigos de poltergeist.

M.G. HERNÁNDEZ

Historias que me contaron y otras que **YO** viví

LIBRO II

Milagros
De fe

INTRODUCCIÓN

Antes de que pasen a las páginas del segundo tomo de este libro de historias, deseo dejar bien claro que, aunque los fenómenos paranormales y los milagros son conceptos que a menudo se confunden o se utilizan indistintamente, tienen diferencias significativas; es la explicación de porque dos libros en uno. No puedes ni debes revolver el aceite con el agua, porque nunca lo conseguirás.

Los milagros efectuados por Jesús, María o santos, son hechos sobrenaturales que no tienen explicación científica y, aunque los aquí narrados no están corroborados por la iglesia católica, apostólica y romana, no es menos cierto que acontecieron. De los mismos, hubo muchos testigos y nadie pudo conseguir una explicación razonable, pasando estos fenómenos a la posteridad de la memoria y cuenta de esas vidas, como sucesos místicos del cielo.

Según el diccionario de la RAE, milagro significa "hecho no explicable por las leyes naturales y que se atribuye a la intervención sobrenatural de origen divino. Suceso o cosa rara, extraordinaria y maravillosa"

En el mundo hay miles de cuentos sobre prodigios y apariciones divinas, creo que casi todo país del mundo tiene como patrona, alguna advocación Mariana. Por ejemplo, en nuestra América, la más conocida es la mexicana excelsa Virgen de Guadalupe, a quien la sociedad ha nombrado patrona de tantas ciudades y continentes que se ha vuelto universal. Venezuela, está ofrendada a La Virgen de Coromoto, sin embargo, las virginales más populares son La China de Maracaibo, como llamamos cariñosamente a Nuestra Señora del Rosario de Chiquinquirá y La Divina Pastora, del estado Lara. Por supuesto, que hay otras muy queridas en distintos pueblos y ciudades del país, cada una con su procesión de fieles que las honran con fiestas y oraciones. Pero no quiero seguir sin referirme a la patrona de la tierra donde vivo, Santa Maria la Antigua, patrona de mi segunda patria, Panamá.

Jesús, por otro lado, no es "menos" que su madre y rige muchas iglesias y religiones que todos conocen y seguramente coinciden conmigo cuando asevero que, la aparición más aclamada del Nazareno, es la aparición "de la Divina Misericordia" a Sor Faustina, hoy santa de la Iglesia Católica, la noche del 22 de febrero de 1931, según los escritos de su puño y letra dejados en un diario. De esta famosa y ponderada advocación sale la frase *«Jesús en ti confío»*

En estas páginas quise dar a conocer algunas experiencias maravillosas que tuvieron miembros de mi familia y personas dentro del círculo de mis amistades más cercanas. La principal razón es que no quiero que se vayan en las corrientes del tiempo a los pozos del olvido, pienso que estos acontecimientos deben de divulgarse porque la fe mueve montañas y el mundo está falto de amor y perdón.

Puedo agregar ciertamente que, vivo día a día pequeños milagritos desde hace unos cuantos años para acá; no los voy a contar aquí porque no son tan elevados, pero algunas de las personas que me conocen, saben que tengo una enorme fe en Jesús, San Antonio de Padua y mis Ángeles de la Guarda; a los que invoco hasta para nimiedades tales como que, me consigan estacionamiento cuando el tráfico está que arde, créanlo o no, nunca me defraudan y debido a esto mis amigas, han aprendido esta costumbre con igual complacencia.

Pero bueno amigos lectores, muchas veces he oído que estos prodigios maravillosos causan asombro porque no pueden explicarse y mucho menos entenderse, ya que te sacan de tu zona de confort y originan un sacudón que casi nunca es motivo de meditación, pero que, con seguridad, alteran la vibra a tu alrededor. Me parece inconcebible que después de 2000 años, nuestra fe es tan pequeña como la que tuvo Mateo al dudar de la resurrección de su Maestro. Ya entonces, Jesús nos dejó lecciones para abastecer nuestras necesidades a través de la oración y la fe en Dios Padre, pero todo comienza, digo yo, en saber que ERES divino como nos lo aseguro Él. Por lo tanto, podemos hacer milagros como los hizo Él.

No es mi deseo hacer de esto un compendio de religión, ¡lo que me faltaba!, ni siquiera voy a misa. Pero creo, sin ápice de dudas y a pie juntillas que, no existe la muerte, que estamos aquí para aprender a amar y a perdonar para transcender a una mejor vida.

Tampoco quiero hacer distingos de religiones pues todas van hacia el mismo lugar si están dentro del amor. Sin embargo, veo con horror como en ciertos lugares del mundo se venera al mal y, mientras eso suceda, vendrán grandes dolencias para la humanidad, sea esta vida virtual o material.

Por último, copio del glosario: *Mis filosofías*:

En filosofía, el término «milagro» se refiere a un acontecimiento extraordinario, inexplicable o contrario a las leyes naturales, que se percibe como una intervención divina o trascendental en el orden regular de los sucesos. El concepto de milagro ha sido objeto de reflexión y debate dentro de la filosofía de la religión y la epistemología, y ha sido abordado desde diferentes enfoques filosóficos.

Y, a pesar de la opinión del filosofo inglés David Hume, muchos otros han defendido la posibilidad de los milagros como fenómenos genuinos. El filósofo y teólogo alemán Friedrich Schleiermacher propuso una concepción de los milagros como expresiones simbólicas de la acción divina que trascienden las leyes naturales, pero que son comprensibles y significativos dentro de un contexto religioso y espiritual.

LAS MANOS DE JESUS Y MARIA

JESÚS

Vivía entonces en la bella capital musical de mi país, Barquisimeto, la que Bolívar dio a conocer por sus atardeceres cuando pronunció la conocida frase "Bien vale una derrota el poder contemplar un crepúsculo".

Nueva Segovia de Barquisimeto, fue fundada por Juan Villegas en 1552, y es la ciudad más importante y capital del bello estado Lara que, a pesar de ser un estado andino, la ciudad es una planicie perfecta sobre la cual, entre otras cosas, el gran escritor Salvador Garmendia dijo: "desde el aire semeja un plano gigante de ajedrez"

Allí, en un bello paraje cerca del pueblo de Santa Rosa, donde es venerada la patrona, Virgen de La Pastora, vivía yo, cuando aún estaba casada con mis dos hijos entonces, Ana y Antonio. Disfrutaba de muchos amigos, amigos que llevo en el corazón, recuerdos que se irán conmigo el día que tenga que partir. Entre esos tantos, una de las familias más cercanas y queridas, era la formada por Manuel y Margarita Murillo quienes tenían dos vástagos, Virginia y Junior. Tenían su residencia en la urbanización Nueva Segovia, donde con frecuencia nos reuníamos.

La familia Murillo igual que nosotros, viajaban con cierta frecuencia a la ciudad de Maracaibo, periplo algo peligroso por tener que atravesar las 365 curvas obligatorias que irrumpían la conexión directa entre el centro y occidente. Solamente ver el cementerio de cruces al borde de los profundos barrancos nos helaba la sangre y nos apremiaba a tener el máximo cuidado. Esto me recuerda comentarios que oí en casa siendo niña. Decían que el otrora presidente, Pérez Jiménez, estrenó la vía trasandina en su deportivo y al terminar de recorrerla de punta a punta, mandó a despedir el ingeniero por el irregular trazado de la vía que al final nombraron "Las curvas de San Pablo".

Este espacio geográfico, no sólo era temido por el peligro de sus cerradas vueltas, muchas de ellas con un vértice de 180° sino por las innumerables leyendas de aparecidos descabezados, lloronas y hasta de una jovencita quinceañera trajeada de fiesta que una noche encontró un conocido médico caroreño de apellido Barazarte, cuando regresaba a su casa un sábado por la noche.

Justo cerca del kilómetro 12 cuenta el galeno que, cambió a luz alta sus faros para poder distinguir algo que se movía frente al cerro; y fue cuando vio una linda jovencita que miraba fijo al automóvil mientras se acercaba como esperando que su conductor parara y le brindara ayuda, acción precisa que hizo Barazarte invitando a la adolescente a subir en la parte de atrás ya que el asiento de adelante estaba lleno de cosas personales.

—Pero que hace una niña tan joven como tú, sola en esta oscuridad lejos de su casa.

—Señor, es una historia muy larga, quizá pueda contársela cuando lleguemos

—Donde es, dime donde vives.

—En Aregue. (población al final del ave. Aeropuerto de Carora)— y acto seguido facilitó la dirección de la casa.

No tardo mucho en recortar la distancia y al observar la casa indicada, el doctor volteó la cara hacía atrás y lo que vio lo dejó con la boca abierta y las palabras congeladas de asombro y estupor.

La muchacha no estaba, el asiento estaba totalmente vacío. Precipitadamente, Barazarte salió y abrió la puerta posterior para ver si la chica se había sentado en el piso del auto, pero no, no había nadie. Entonces, se dirigió a la puerta de la casa y empezó a golpearla tan fuerte que, podía oírse en todo el pequeño pueblo de Aregue.

Al cabo de unos minutos de literalmente tumbar la puerta, un señor somnoliente apareció agarrándose de la hoja de madera.

—Que desea señor, porque toca tantas veces, no estoy sordo.

—Perdone, es que me acaba de suceder algo sorprendente y no sé si pueda ayudarme.

—A ver cuente.

Acto seguido contó lo sucedido, el por qué había llegado a la puerta de su hogar.

El enjuto personaje, dueño de casa que se sostenía a duras penas, retrocedió un paso y echando hacia atrás su cabeza canosa, respondió parsimoniosamente

—Señor, usted no es el único que ha venido hasta aquí con ese cuento y, supongo no será el último. La jovencita que embarcó en su auto es mi hija.

—Que tranquilidad la que me da señor, pero no se como se bajó, no la vi. Dígale que la próxima por lo menos se despida.

—No señor, no me ha entendido. Mi hija está muerta. Murió en un accidente, un sábado como hoy, hace 12 años, allí donde la recogió, en ese mismo sitio.

Demás está decirle que el doctor tomó su carro y salió del barrio lo más rápido posible con los nervios de punta y la tez alabastrina.

Como esta historia, bastante conocida por los larenses desde hace mucho tiempo, hay muchas más, igual se repiten por todo el estado y por toda Venezuela, es por ello que decidí hacer este libro para contar algunas.

Pero volvamos al tema de esta historia que es sobre mis amigos los Murillo.

Una tarde, estoy segura, principios de los años 70´, llama a mi casa Manuel, para que vayamos hasta la suya. Necesitaba con urgencia contarnos un hecho extraordinario que les sucedió viniendo de Maracaibo, el día anterior.

La llamada tuvo un toque de emergencia, como si la necesidad de contar encerrara un alivio para el pensamiento. Sin esperar, me cambié y tomé el auto dirigiéndome sin pausa a la avenida Lara y en minutos, estaba entrando en el garaje de los Murillo, el cual estaba abierto; lo que me confirmaba que la invitación generaba cierta expectativa, era obvio que me esperaban y eso elevó mi curiosidad; más todavía, cuando los vi a ambos en el porche asegurándose de mi llegada

—¿Quieres tomarte un cafecito? —me ofreció Margarita.

—Claro, le contesté. — en esos años, era una empedernida cafesera que luego de disfrutar la infusión, seguía por rutina con un cigarrillo. Eso era así, en un porcentaje enorme de mi generación que, inducidos por los medios y un entorno que se movía entre volutas de humo, seguía el ejemplo.

—Entonces, Manuel, ¿qué pasó?

—Primero, quiero darte las gracias por prestarme tu milagroso *San Antonio, no lo creerás, pero esta misma semana me consiguió casa en Maracaibo. —dijo Margarita mientras me entregaba la figura rústica del santo, heredado de mis tías abuela y tallado por mi tatarabuelo en el siglo XIX.

—¿Así es que se mudarán pronto?

—Si, en la compañía me están apremiando. Hace rato que debíamos de habernos ido, pero tenía la excusa de no conseguir casa —contestó Manuel.

—Me van a hacer mucha falta, pero bueno, ¿era esto lo urgente?

—No, no es eso. Es algo que nos paso en la carretera y de lo cual todavía no logramos sobreponernos.

—¡Oh! Ahora si me pusiste curiosa, a ver cuenta de una vez, ¿Qué paso?

—No se si lo vas a creer, pero puedo jurarte por mis hijos que lo que te voy a contar es totalmente cierto.

«Salimos se Maracaibo después de almorzar y sólo paramos a coger gasolina porque quería llegar temprano, y si, llegamos como a las 6 de la tarde».

—Te echaste mucho tiempo.

—Si, verás. Los hijos se habían dormido y Margarita también había recostado la cabeza. Yo, venía un poco fastidiado y no sé muy bien lo que pasó cuando sentí que el auto se iba al vacío.

«Abrí mis ojos con espanto y sólo pude pensar con la mayor fe del mundo, "Jesús, sálvanos, salva a los niños". Enseguida vi dos enormes manos aparecer de la nada que se entrelazaron, impidiendo que cayéramos al fondo del barranco».

—Manuel… ¡qué fuerte! —exclamé algo incrédula, cuando vi dos gruesas lágrimas en sus mejillas. Estaba roto, mi amigo tenía una emoción que le salía por todos los poros del cuerpo. Margarita se arrodilló frente a él.

—Mi amor, cálmate. No importa que te crean o no, yo estaba allí y aunque no vi las manos, si vi el milagro.

—Margarita, no he dicho que no crea, la historia es muy fuerte, tengo que asimilarla. ¿Qué pasó después?

—Bueno, como pude salí del carro y empecé a sacar los hijos, gritando a Margarita que saliera de inmediato. Un enorme camión se paró y el chofer salió presuroso a ayudarnos. Enseguida, otros carros hicieron lo mismo. Al mirar detenidamente la carretera, pude darme cuenta que parte del pavimento había cedido.

«El camión tenía un winche en su parachoques frontal y el mismo chofer logró enganchar mi *Dodge Dart* para subirlo al asfalto. Muchos tiraron mecates para amarrarlo y evitar la caída. Después de haber visto las enormes manos de Jesus, los vi como ángeles que mandó el cielo.

—Si hubieses visto la pequeña mata donde estaba clavado el vehículo, sería más fácil creer mi historia, pero todos, todos los que llegaron a socorrernos murmuraban, "es un milagro".

*San Antonio, talla de la cual escribí en: *"Porque tantos fantasmas en el Saladillo"*

DAVID

En la ciudad de Maracaibo, hay un barrio longevo y muy popular llamado Cerros de Marín. Por su ubicación privilegiada, desde donde se tiene una maravillosa vista al lago, las constructoras pusieron su interés en él, ocasionando que los terrenos en esa parte alta de la ciudad cobraran un gran valor para los propietarios, la mayoría sin grandes dotes de fortuna. Era hermoso manejar hasta alguna de sus calles una noche de luna llena y, contemplar sobre el lago como espejo reflejada, la belleza estelar en toda su superficie de una manera prodigiosa, como si el mismo Dios regodeara sus pinceles en la geografía zuliana.

La familia Ferrer era entonces y aún hoy, parte del censo habitacional de este mirador natural situado en la zona con más desarrollo de la ciudad, tierras que tienen en sus cercanías vías tan importantes como grandes avenidas.

En los años que acuparon los hechos que voy a narrar, aún no había llegado el extraordinario desarrollo tecnológico y los muchachos disfrutaban los juegos a campo traviesa como rodar un trompo, jugar a la pelota o elevar volantines o cometas como dicen en otras latitudes.

Esa tarde, David Ferrer de sólo 8 años, recibió a su amiguito Raúl quien venía armado de un precioso volantín de colores que le había hecho su papá. No más al verlo, el niño salió corriendo a encontrarse con el compañerito de juegos y le preguntó si quería elevarlo.

—Precisamente, te vine a buscar para que vayamos al terreno grande y lo elevemos. Raulito se refería al cerro el Vigía que termina en un tremendo barranco de grandes proporciones que, podría compararse con un desfiladero, una pared lisa sin asideros hasta su final en una gran avenida llamada 5 de Julio.

Luego de conseguir el permiso de sus padres, David se cuadro con su amigo y marcharon a la par, camino al descampado donde disfrutarían por un rato el vuelo del multicolor volantín.

Pasaron los últimos edificios alrededor del Vigia y frente a ellos se expuso ese enorme terraplén de tierra amarilla, más amarilla aún bajo los rayos ardientes del sol.

—David! —gritó Raúl—cogé tu el pabilo y corre duro, yo sostengo la cola del volantin mientras sube. ¿Okey?

—Si, dámelo —enseguida el niño tomó la cuerda y comenzó a correr, pero en vez de mirar al frente, miraba hacia atrás para ver el volantín subir.

Carlos Guerra, se entretenía desde la ventana de su apartamento, mirando el par de muchachos y a otros más que jugaban más allá. Él, los conocía a casi todos pues tenia viviendo en la zona más de 9 años. El cometa empezó a subir y Raúl aún sostenia la larga cola cuando de repente observó que David corría y corría entusiasmado, sin darse cuenta que llegaba a la orilla de la pendiente y podía caer y matarse.

—¡Daviiiid! ¡David! ¡¡¡Para!!! ¡¡Detente!! —gritó el señor Guerra, pero sus gritos tragados por el viento fueron inútiles; el pequeño cayó y, él sin perder tiempo casi se tiró por las escaleras y salió corriendo hacia la casa de los Ferrer, sin darse cuenta que no tenía puestos sus zapatos.

—Hola, señora Ferrer, su hijo se mató. Cayó por el precipicio del cerro el Vigía, lo acabo de ver. A los gritos salió también el padre y todos se fueron corriendo hasta la escalerilla que por donde se baja

hasta la avenida. Los padres de David corrían, no atinaban a razonar lo que les decía el vecino. A su hijo, le acababan de dar permiso para elevar el volantín y no podía estar muerto, algo de lo que decía el Señor Carlos no cuadraba. Las cabezas de los padres no tenían equilibrio para razonar en esos confusos momentos y entretanto seguían recorriendo el gran terreno ni siquiera advertían que casi no podían respirar por el agite que llevaban.

—Nunca la distancia hasta la salida me ha parecido tan lejana—, balbuceó el señor Ferrer, tratando de darle más rapidez a sus pies.

Al fin, Carlos como era más joven llegó hasta la oquedad donde comenzaban las gradas y de dos zancadas bajó hasta la avenida. Los Ferrer, rezagados, sin poder ocultar el jadeo y los semblantes empapados, no se sabría decir si por sudor o lágrimas.

Al llegar al sitio donde supuestamente debía estar el cadáver del niño, estaba el niño, sí; pero vivito y coleando. Carlos no podía creer lo que veía y miró hacia arriba contemplando la altura del cerro sin comprender lo que había sucedido. Llegaron los padres y la señora tomo a David entre su pecho sin poder contener las lágrimas.

—Hijo, ¿qué te paso? Es verdad que te caíste desde allá arriba —preguntó señalando la cima del acantilado.

—Si mamá, me caí desde allá arriba.

—Pero ¿cómo estás?, vamos al hospital debes tener algo roto, déjame verte

—No mamá, estoy bien. Una señora me agarró en el aire y me puso en el suelo.

—¿Que dices David? Anda, vamos a la casa quiero revisarte bien y que me cuentes la verdad de lo que paso.

Tomado de la mano, David casi fue arrastrado por la angustiada madre que creyendo encontrar a su hijo tendido y sin vida, recibió a cambio un sonriente jovencito hablandole incoherencias.

"Quizas el sol le hizo ver visiones entre tanta tierra y calor"—pensó la madre mientras recorría el camino de vuelta a casa seguida de una procesión de personas que habían oído del accidente.

Al llegar, la madre dejó entrar al marido que en silencio la seguía y trancó el portón diciendole a las demás personas que David saldría más tarde.

—A ver hijo, ahora que veo que estás bien, fresco y tranquilo, cuéntame la verdad de lo que paso, no me vayas a inventar nada.

—Mama, ya te lo dije. No me di cuenta al correr que llegaba a la orilla del cerro y me caí. Me asusté, pero vi una cara grande y bellísima de una mujer que me sonreía y sentí que me sostenía en sus manos, grandes también y me puso en el suelo. Nunca había visto una señora tan bonita.

Y, así, siguió repitiendo el niño lo que había pasado. Muchos lo llamaron milagro, otros inventaron cualquier cosa que justificara la llegada a salvo del niño a la avenida. Lo cierto del accidente del Cerro Marín, es que el niño no murió aplastado de tal fenomenal caída.

EL MILAGRO DE CERROS DE MARÍN

FOTO BLOG: "El Zuliano Rajao"

Pasajeros desembarcando en Grano de Oro

FOTO: Multiplicada por Internet origen; no lo encontré

Foto: Blog de Antulio Sardí

MILAGRO EN GRANO DE ORO

GRANO DE ORO
Era un aeropuerto de clase mundial para su época

Pasó el tiempo y mi investigación sobre el incidente que seguidamente les narraré, no tuvo, pese a mi esfuerzo de meses, ningún éxito. Por lo que pasará a ser una ficción producto de mi enarbolada inspiración. Sin embargo, puedo asegurarles que no es así, pese a no tener el nombre del piloto, personaje principal, la aerolínea y fecha exacta, todas las palabras escritas en este texto no son para nada cosechas de mi imaginación, sino todo lo contrario, fueron hechos que viví tal y como os lo cuento, sin un ápice de titubeo. No pude conseguir testigos que me apoyaran, es muy difícil dado a los años que han pasado, muchos de ellos sin duda, disfrutarán en el Empíreo divino.

Más que todo, tomé la determinación de incluir en este libro la narrativa que titulé "El milagro de Grano de Oro", porque lamentablemente las generaciones que tomarán nuestros puestos como relatores, no tendrán donde nutrir su conocimiento y consultar la historia vernácula, pues el "hombre" en su incuria, no se preocupó por conservar los archivos de los medios como fuentes irremplazables e importantes del acervo cultural de la ciudad. Me informaron que, no solamente los archivos de los diarios Panorama y La Columna han desaparecido sino la biblioteca de LUZ. No podía creerlo, mi organismo casi me ocasiona un problema de tensión y mi pulso corrió desaforado fuera de su normal compás. Tal noticia no me entraba y aún no me entra en mi consciente.

Ahora, entrando en materia. En Maracaibo, a principios de siglo comenzaron los vuelos comerciales con la línea holandesa KLM que aterrizaban en un terreno de la avenida 5 de julio, por lo que Pérez Soto, gobernador del estado durante el gobierno de Gómez, compró los terrenos del hato Grano de Oro al señor José María Camarillo y construyó e inauguró el aeropuerto que, tomó el mismo nombre del latifundio, en 1929.

El incremento de los vuelos, efecto de la creciente industria petrolera, hizo que se tomara en pocos meses la decisión de modernizar las instalaciones que simultáneamente, sustituirían el puerto lacustre que funcionaba en la plaza del "Buen Maestro".

La construcción comenzó el siguiente año según el proyecto de varios arquitectos entre ellos Luis Eduardo Chataing, en colaboración con la Pan American Airways, la compañía aérea más importante del mundo en ese momento. Un prominente personaje aterrizó en medio de los trabajos y una pista en ciernes, el coronel Charles Lindbergh, quien se negó a acuatizar su aeroplano "Spirit of St. Louis" en el Milagro, donde lo esperaba un comité de bienvenida que quedaron con los crespos hechos.

Dado al éxito del moderno campo aéreo suramericano, Pan American, levantó un galpón que aún se mantiene en pie. Se contrataron técnicos avezados para manejar el tráfico y se llegaron a recibir vuelos nocturnos, tanto nacionales como internacionales.

Hay un detalle que sé no muchos conocen y es que, en este puerto aéreo empezó la familia española Fernández Pérez, su librería *Aeropuerto,* ubicada en todo el centro del salón principal, desde donde se podían ver los aterrizajes.

Los Fernández Pérez vivieron en la calle 64 de la Urbanización Sucre y fueron los padres de Joaquín y José Antonio que con los años tendrían las grandes librerías *Europa y Aeropuerto.*

Por muchos años, yo misma tomé varios vuelos desde ese terminal con destino a la ciudad de Nueva York para proseguir mis estudios, por ello recuerdo perfectamente lo que cuento. Viene a mi mente, el retrato mientras subía las escalerillas observando las hélices del Boeing de Pan American que, lucían imponentes por su tamaño y altura; captado por la profesora Angela Aurora García Añez, mi tía, fotógrafa aficionada que manejaba siempre las mejores cámaras del mercado.

Más, esto de los aviones de motor a pistón no duró mucho ya que en muy poco tiempo comenzaron a despegar flamantes aviones a reacción, hasta el día del fatal y lamentablemente famoso desastre del Viasa Douglas DC 9 que, colisionó con un poste de luz mientras trataba de elevarse, cosa que nunca consiguió, llevándose con él a 150 almas que tomaron el vuelo con ganas de disfrutar la ciudad de Miami.

Respecto a ese accidente, les traigo otra anécdota desconocida para muchos y muy de acuerdo a esta parte del libro. Se trata de un personaje que fue distinguido y muy querido por los fanáticos de la pelota, Arturo Celestino Alvarez, considerado en el Zulia, como el mejor comentarista de *baseball* de todos los tiempos y más conocido por el cariñoso apodo de "*Premier*". En aquellos tiempos, vivía justo frente a nuestra casa en la Urbanización Sucre, por cierto, conjunto residencial muy cercano a Grano de Oro, como llegó a llamarse todo el sector.

ARTURO CELESTINO ÁLVAREZ
1818—1989

Fue el grande. El Premier de la narración del baseball zuliano. Sobrino de otro inmortal conocido como "Martín Luque", Ignacio Arapé, quien lo inició como locutor en el Estadio del Lago.

Su paso por este deporte inmortalizó frases como: "En la pizarra el dos veintidós, la capacidad exacta del cuartico Zulia". "El café esta servido". "Va un batazo largo, largo...parece que va a ser jonrón..."

Resultó que, ese fatídico día domingo 16 de mayo del 69, el señor Alvarez, debió ser uno de los pasajeros del vuelo de Viasa, pero su nieto más pequeño que tenía síndrome de Down, se puso a llorar por su marcha y el señor Álvarez en su gran amor filial, no tuvo corazón para separarse del niño y, mientras sus familiares lograban entretenerlo, el tiempo le negó la oportunidad de llegar y embarcarse. Como todos saben la mayoría de los pasajeros del 742 eran personas ligadas al *baseball*, siendo uno de los más prominentes Néstor "Látigo" Chávez, lanzador cuyo futuro se vislumbraba glorioso con los Gigantes de San Francisco y Antonio Herrera, el dueño de los Cardenales de Lara.

Volviendo al "Milagro de Grano de Oro", como les dije, no preciso el año, pero casi tengo la certeza que fue en la década de los 50´.

En mi casa, se empezó a comentar y luego el cotorreo pasó al vecino y al transcurrir del tiempo y las notas de voz por la radio, la cosa fue tomando tamaños colosales en los alrededores. El corrillo, se mudó a las aceras y algunos se fueron congregando en la esquina de la calle 25 por donde pasaban todos los autos y "carritos" que transportaban los pasajeros al centro de la ciudad. Entrtanto, otros se lanzaron a caminar hasta el puerto para corroborar la novedad.

La noticia volaba, pero no era un decir. Un avión sobrevolaba la ciudad gastando la gasolina porque no le salía el tren de aterrizaje. La radio se enteró, igualmente la prensa y todo el ambiente era exultante.

La información que nos llegaba provenía de una triangulación entre avión, torre de control y radio; la cual los maracuchos atendieron con avidez, dejando cualquier otra cosa a un lado. Sin embargo, hubo un momento que la cosa pasó a mayores porque el capitán del avión que seguía en emergencia, había ofrecido a la Chinita sus alas de pilotos si aterrizaba con éxito el aparato y sin pérdidas humanas. Esto llevó la emoción a las lágrimas y Grano de Oro se empezó a congestionar porque todos querían llegar a ver el aterrizaje que sin duda sería de pronóstico reservado.

Recuerdo que en mi casa se sintonizó la voz de la fe y se empezó a rezar el rosario por la vida de todos los tripulantes y pasajeros, yo quedé frustrada porque quería que me llevaran al puerto aéreo y me uní a los vecinos que, reunidos en la acera, justo frente a mi casa señalaban el aparato cuando pasaba entre nubes a lo lejos.

De repente comenzó la algarabía, desde la torre de control avistaron el avión, que presumo, de Línea Aeropostal, aterrizar sin consecuencia. Recuerdo que los aplausos se oyeron durísimo y los Vivas a la Virgen se multiplicaron. Mi familia, por la radio siguió los pormenores que narraba con entusiasmo el locutor de La Voz de la Fe.

Al llegar a la basílica, la línea de carros semejaba un tren interminable y la Iglesia de San Juan de Dios se llenó completamente. La gente llevó en hombros al capitán que dicen se hincó ante la China, para ofrecerle sus alas como había prometido, pero allí no fue el milagro, esa era la consecuencia.

Como era lógico, la noticia la refirió un diario vespertino que, supongo se agotaría al salir. La entrevista, trajo lo verdaderamente importante de este acontecimiento donde la fe, jugó el papel preponderante. En ella, el piloto cuenta que se encontraba muy nervioso cuando se enfiló a la pista, pero que, en su corazón y conciencia la fe en la China era inmensa y nombrándola, hizo el último movimiento asentando el aparato en la ruda pista. Ensimismado contó que, en ese preciso instante sintió como si el avión fuera tomado y posado con suavidad en el pavimento sin que hubiera en ello, algún sobresalto que asustara a los pasajeros o a la tripulación. Afirmó el piloto en su declaración, "que la virgen había tomado en sus manos el avión, evitando una catástrofe"

Para muchos esto fue un milagro, para otros simplemente, un día de suerte.

Para finalizar, les agrego unas palabras que sin duda han oído alguna vez: "Porque en verdad os digo que, si tuviereis fe como un grano de mostaza, podríais decir a este monte: Desarráigate, y plántate en el mar; y os obedecería".

LA VIRGEN CHINA DE MARACAIBO

Ya cuando el libro estaba listo para la imprenta y su estreno en Amazon, recibí información sobre este significativo suceso, de manos del Arq. Lino Antonio Perozo Vílchez. Sin embargo, tengo razones para dudar de la fecha que se me dio por lo que no la asenté en este libro.

Linea Comercial: Linea Aeropostal Venezolana
Y el piloto, supuestamente era Sorencio Nuñez

Imagen para la historia. Un avión atravesando la avenida Guajira de Maracaibo, maniobrando hacia las pistas de aterrizaje del aeropuerto Grano de Oro; la misma que atravesó el Douglas DC 9 el fatídico dia domingo 16 de mayo del 69.

Foto: Colección José E. Arnó Ortega

LAS TRES DIVINAS PERSONAS

PELIGRO DE MUERTE

Mi padre Alfonzo, no sólo fue un hombre muy trabajador, sino que amaba su trabajo. Importaba y hacia queso. Sin embargo, lo que más le gustaba era su fuente de soda donde vendía los pastelitos más apetitosos de la ciudad. Me contaban que, se levantaba de madrugada con entusiasmo todos los días porque debía abrirles la puerta a los pasteleros para que los manjares del desayuno estuvieran listos a más tardar, las seis de la mañana cuando la gente ya hacía cola en la puerta. La barra se saturaba, pero la mayor cantidad de pedidos que se despachaban eran para llevar.

Según supe ya adulta, los elogios al negocio también se los llevaban unas deliciosas galletas bautizadas "cañaderitas", nombre que honraba a su creadora, una señora oriunda del pueblo de La Cañada, cuyo nombre me ha sido imposible recordar. Viendo la gran aceptación que tenía el bizcocho, pues no pasaba muchas horas cuando el contenedor de vidrio quedaba vacío, mi progenitor ofreció a la "galletera" una suma interesante de dinero por la receta, pero la doñita se negó a negociar. Igual contestación recibió años después la famosa empresa dulcera "La Suiza", otrora fabrica zuliana fundada en 1935 y que estuvo ubicada en la Avenida Bella Vista. Recuerdan mis papilas con regocijo, el insuperable sabor de sus galletitas de guayaba que, ninguna fábrica nacional o foránea ha logrado superar o igualar hasta el momento. Desgraciadamente desapareció como tantas otras en la vorágine del tiempo.

Mi madre, preocupada por los madrugonazos de papá nunca dejó de acompañarlo hasta el porche para despedirlo, darle la bendición y encomendarlo a "las tres divinas personas", expresión muy común del glosario católico para referirse a la Santísima Trinidad; Padre, Hijo y Espíritu Santo. Sobre ellas reposaba la confianza de la custodia del cristiano, terminando la singular recomendación con esta frase: "Que ellas te cuiden y te protejan contra todo mal y daño que quieran hacerte", palabras que guardo en mi memoria porque a mí también me las rezaba cada vez que salía de casa.

No puedo fijar el año exacto, pero estaba aún en primaria. Un autobús del colegio me llevaba y me traía, tanto en la mañana como en la tarde. Antiguamente, las clases eran todo el día. Empezaban a las ocho de la mañana hasta las doce, cuando nos llevaban a casa para almorzar, bañarnos y cambiarnos a fin de comenzar de nuevo, desde las 2. hasta las 4:30 de la tarde.

Entonces, después de los besitos y un "hasta luego", mi padre caminaba hasta el garaje solo, se montaba en su carro, un Dodge verde que mi madre esperaba perder de vista para cerrar la puerta y volverse acostar. Por cierto, este vehículo fue el primero que "manejé" entre sueños, cuando aún mis ojos no alcanzaban a ver el exterior ni mi pie el acelerador.

Un día, que recuerdo como si fuera ayer, llegué del colegio al final de la tarde. Ingresé como de costumbre por el garaje y dando vuelta a la parte posterior de la casa entré por la cocina. Seguía hasta mi cuarto a bañarme y cambiarme, cuando movimientos inusuales en la sala llamaron mi atención. Seguí hacia allá curiosa y observé a un señor alto y algo gordo, como se hincaba ante mi madre y le besaba la mano casi entre lágrimas. Al verme, mamá me mandó a ir con mi tía abuela Elvira, persona muy amada por mí, pues más que tía, era la persona que me cuidaba y atendía con mucho amor y dedicación. Como niña olvidé lo visto y al minuto estaba en otra nota o dando vueltas a la manzana montada en mi bicicleta.

Pasaron los años y en una de esas noches frescas marabinas, vi a mi madre sentada a solas debajo de la frondosa mata de mango que había frente a la casa y me acerqué. Este espacio solía ser su predilecto para departir con sus amigas vecinas y también jugar cartas por lo menos, una vez a la semana hasta altas horas de la noche, horas que disfrutaban enormemente colmando el ambiente de risas francas, sonoras y alegres.

Noté que rezaba el rosario y me senté callada hasta verla terminar la oración. Como siempre, nuestras charlas rememoraban etapas de su juventud y mi infancia haciéndonos reír algunas, meditar y añorar otras. Precisamente, esta noche, vino a mi mente el recuerdo de mi niñez, como una fotografía diáfana, en la que se pueden ver todos los detalles.

—Mami, quien era aquel señor grande que se arrodilló ante ti, Que te besó la mano y estaba llorando.

—¡Niña! ¿Como puedes acordarte de eso? Estabas pequeña y apenas lo viste.

—Lo recordé en este momento. ¿Quién era? Cuéntame con puntos y comas.

Empezó por decirme que quizá no iba a creerlo, pero que era exactamente lo que había pasado tantos años atrás.

—El señor que tu viste fue un conocido general que estaba a cargo del Cuartel. Igual que tu papá, para mi disgusto, le seducia jugar póker y dominó del que se jactaba ser el mejor. Tu papá no le decía nada, pero pensaba que era mediocre en ese juego en particular. Se reunían una vez a la semana en el Café América, que quedaba en la esquina de 5 de julio y Bella Vista. Allí, no sólo jugaba, sino que se conseguía con sus amigos del baseball, principalmente los Aparicio que eran sus amigos y con quienes departía y se tomaba su cerveza o whiskisito.

Un día, esto me lo contó el general, jugaban póker y tu padre estaba ganando. En una nueva partida, le pidió al militar quitarse el paltó acusándolo de tener cartas escondidas. El acusado se negó y se levantó violentamente sacando el arma de reglamento, pero Alfonzo sin perder un segundo, sorprendiendo, hizo lo mismo. Gracias al señor ninguno disparó, pero tu papá fue amenazado de muerte con la consabida frase: "Esto no se queda así, me la vas a pagar", a lo que contestó Alfonzo, "Pero no te quitaste el paltó ¡fullero!". Definitivamente, a tu padre se le salió el gocho.

—¡Ay mami! ¿Porque dices eso?

—¿Y no dicen que los gochos son arrechos? ¿Cuántos presidentes gochos hemos tenido aquí?

—¡Bah!, Termíname el cuento que esta muy bueno y olvida a los gochos.

—Bueno, la historia sigue así: Me dijo que, por la humillación, sentía una rabia muy grande y quería ver muerto a Alfonzo. Me dijo que a partir del incidente no podía dormir y pasaba las noches fumando y planeando que hacer. Me confesó: "el odio señora, me comía el estómago y quitaba la tranquilidad y mesura". "Ud. no puede entender lo que es sentirse vejado ante todo el mundo". Y lo vi llorar.

CAFÉ AMÉRICA

—¡Qué fuerte! ¿Qué más?

—Buscó en la tropa a un soldadillo guajiro que creyó insignificante y que había estado varias veces en el calabozo por ser indiciplinado y no salía por tener el permiso suspendido. Igualmente creyó que, si hablaba, nadie le creería. Le ofreció cien bolívares y una casita si mataba a un señor que según explicó, era un bandido y apostador que había tratado de matarlo por deudas de juego.

Parece que el soldadito que no era ni chiquito ni pendejo, le tomó la palabra y le dijo que, por doscientos diera por hecho el mandado en menos de una semana. Más, pasó un mes y todo seguía su ruta normal.

El general, mandó entonces a buscar al asesino en ciernes y le dijeron que no estaba. Asi es que mandó un comando a buscarlo con la orden de no regresar sin él.

Y es aquí donde viene lo increíble. El teniente que dirigió la búsqueda le tomó dos días conseguirlo, el muchacho se había escondido por Sinamaica y tuvieron que dar mucha vuelta y desembolsar dinero para dar con él.

El general ordenó que lo dejaran solo con él y justo cuando cerraron la puerta a sus espaldas, el soldado se tiró al piso llorando por su vida y por qué le creyera lo que iba a decir.

—Señor, perdóneme señor, por favor. No puedo matar a ese señor porque hace magia y los dioses lo protegen y me maldicen a mí.

—Pero que inventas, ¡eres un cobarde! Te debería matar aquí mismo. Ese hombre es un bandido de siete suelas y es culpa tuya que ande suelto por ahí.

—A ver mamá, para, para, como es eso que papá hacía magia.

—Me dijiste que te describiera con puntos y comas, pues eso hago, contándote justo lo que me dijo el general. El guajiro hasta se orinó en su oficina y le contó ya más calmado y después de tomarse un vaso con agua que, tuvo una semana parándose en el poste mirando fijo hacia la casa. Había visto cuando el señor salía con su esposa y después abría el portón.

—"Yo sé que usted no me iba a creer y por eso me fui"— murmuró con desesperación palpable.

—Pero dígame de una vez que pasó —le demandó el superior golpeando con fuerza el escritorio.

El pobre sujeto brincó sin fuerzas para mantenerse firme.

—Señor, cuando el bandido salía en su carro y pasaba delante de mí, yo estaba listo con mi pistola armada, pero él siempre estaba acompañado por tres hombres vestidos de blanco. Siempre señor. Y el último día que estuve, iba a dispararle de cualquier modo y la farola del poste se apagó y volvió a prender cuando ya había pasado.

El señor me siguió contando que no le creyó absolutamente nada y lo metió ál calabozo. Más, me dijo que el odio seguía reverberando en sus venas y tampoco disminuía sino por el contrario crecía como un montruo que no lo dejaba vivir ni dormir, por lo que decidió acometer el asesinato él mismo.

Hija, llegado a este punto, casi no podía hablar, las lágrimas anegaban su cara sonrojada de vergüenza, fue una extraña sensación ver aquel hombre de armas, de casi 1.90, postrado y sollozando como un niño. Vi un enorme arrepentimiento en su congoja y no pude sino sentir lástima por este señor derrotado ante mí.

—Señora, señora —, repetía —Me pasó lo mismo que al soldado o peor, porque mis ojos estuvieron viendo sombras negras todo el día. Dígame, ¿es usted bruja, tiene hechizado a su marido?

—En esta casa sólo entra Nuestro Señor y su madre Santa, General. Yo, lo perdono por mi esposo y por llamarme bruja, pero le ruego que se vaya y nunca jamás vuelva a dirigirse a él o mí. Vaya con Dios y pídale a él por su alma porque el hecho que no haya matado a mi marido, no lo exime de culpa.

El hombre se fue como los perros con el rabo entre las piernas y según supo mi padre, fue trasladado a otro cuartel.

.

OTRA EPOCA OTRA GENERACIÓN

Las vivencias que produjeron la fe de mi madre en las tres divinas personas no quedaron allí. Tiempo después me contó, estando ya en cama, pues empezaba a asentarse en ella la enfermedad por la que transcendería meses más tarde que, antes de quedarme permanentemente en la ciudad, le había contado a mi hija Ana, la historia que acabo de narrarles sobre la Santísima Trinidad; precisamente, en el frente de la casa una noche fresca, debajo de la misma mata de mango, unos años atrás. Me hizo saber que la notó muy emocionada haciéndole preguntas sobre el prodigio que le había salvado la vida a su abuelo.

Muy lejos estaba de lo que iba a oír después de la dosis de medicinas que le tocaba consumir en ese instante y una larga pausa.

—No vayas a regañarla después que te cuente su secreto, porque me rogó que no te lo dijera.

—¡Anda mami! ¿Qué tan grave puede ser?

—No, no es por lo grave o insignificante, es porque me faltó el respeto al ir a una fiesta sin mi consentimiento. Tú estabas de viaje. No te me adelantes y déjame decirte lo que me contó. Solamente ella y papá Dios saben si es o no cierto, pero yo que lo viví hace tantos años, le creo.

—Estas dando mucha vuelta, ¿Qué paso?

—Fue a una fiesta por los lados del Montielco (centro comercial), pero no estaba a gusto porque se hacía de noche y no conseguía quien la trajera. Supongo que, pensando que podría darme cuenta decidió arriesgarse y venirse a pie. En tanto caminaba, la oscuridad de la noche iba calando temor en su cuerpo y algo asustada miraba para todos lados tratando de avivar sus pasos hasta la casa. Cuando pasó la plaza del Indio Mara, tomó la acera dirigiéndose a toda prisa al cuartel, respirando aliviada al atravesar la calle y advirtir. algunos soldados patrullando el perímetro y, en las torres otros, vigilando los puntos estratégicos del entorno.

Ana tomó la acera a su siniestra, observando que había residencias y algunos edificios pequeños porque la contraria, que era el camino más corto a su hogar, estaba bordeada por una enorme fosa repleta de basura, más tenebrosa aún de noche. En un pestañeo, me contó que, casi frente al Estadio Alejandro Borges, percibió una mirada posándose sobre ella.

Giró la cabeza y divisó a un individuo a su derecha emergiendo de las sombras. Saliendo de entre la hilera de autos apilados uno tras otro, con la intención de cruzar la calle hacia ella.

La facha de espantajo sombría del personaje, a pesar de la distancia, la hizo estremecer. Sintió un frío que atravesaba su médula, haciendo temblar su estómago y produciéndole un vacío doloroso. Escrutó rápidamente el panorama y entendió que si la alcanzaba se vería en serios aprietos porque sólo le quedaba un camino y era llegar al espacio abierto, frente al Estadio Alejandro Borges, donde era muy probable que hubiese gente. Su pulso se aceleraba igual que sus pasos tratando de ganar distancia, pero sentía que le fallaban las fuerzas e insegura de lograr su meta, se llevó la mano al pecho en medio del terror y con los ojos llenos de lágrimas, pidió con enorme fe a las tres divinas personas que, la protegieran del peligro como lo habían hecho con su abuelo.

Entonces, siguió diciendo que, no supo de donde salió un carro blanco que se detuvo al borde del carril frente a ella y cuyo chofer, un señor barbudo, prendiendo la luz interior, le dijo con una sonrisa:

"Entra, te llevo a tu casa". Sorprendida, su mente se descolocó por un segundo, se pasó su mano temblorosa por la frente incapaz de aclarar la dicotomía que mermaba su cordura. Sin embargo, algo llamó su atención mientras decidía cual peligro era peor; el atacante había cejado su persecución a unos 15 metros, haciéndose el distraído, pero Ana sentía el acecho como una mole sobre su cabeza. Volvió su mirada al barbudo, advirtiendo que la señora a su lado, llevaba un niño en su regazo, en ese momento, sin vacilar entró con premura en la parte posterior del automóvil que, por cierto, apreció algo antiguo.

Hija, lo más extraño sucedió después. Ana me dice que, sin dar ninguna información, en cuestión de segundos el carro se estacionaba frente a esta casa y el señor barbudo volteando la cara le dijo: "Baja niña, ya estas en casa". Acto seguido una perpleja Ana empuñó la manija, abrió la puerta y se apeó apresuradamente, dando las gracias.

Lástima que el miedo no la hizo observar la ruta del barbudo piloto y no fue hasta que los nervios aflojaron su tensión estando ya en la cama, cuando realizó el maravilloso encuentro que tuvo con otra dimensión, el cielo o como quieran llamarlo. Que se había repetido el portento que vivió tu abuelo sin saberlo, porque asegura que nunca dio la dirección al señor del auto misterioso y tampoco recuerda sentir el rodar de la máquina, solamente retiene en su memoria el haber entrado y enseguida estar frente a la casa. Trató de evocar las caras de las tres personas y con los ojos cerrados rezó por su abuelo a la santísima Trinidad hasta quedarse dormida.

—¿De verdad crees esa fantástica historia?

—Mejor dime tu, si crees o no, la historia que te conté sobre el general que quiso matar a tu papá.

—Con estas cortas palabras, mi madre terminó la anécdota. Murió poco tiempo después.

Este es el sitio donde Ana debió llegar, la acera que termina aquí tiene hacia atrás muchos metros, distancia casi imposible de salvar antes que el atacante la alcanzara

 Saliéndome del contexto, quiero anexar a estos capítulos de hechos extraordinarios un pequeño resumen de un suceso especial ocurrido en la Torre Sur del tristemente recordado World Trade Center. Aunque muchos conocerán el caso, no hace daño recordar "un milagro en el caos". Se trata de lo acontecido al canadiense Ron Di Francesco, de las oficinas Euro Brokers en la planta 84.

Después del primer impacto, decidieron permanecer en el piso hasta que una explosión aterradora anegó totalmente el ambiente de las oficinas y enloqueció a los ocupantes. La onda expansiva lanzó a varios compañeros por el aire y Ron fue a parar al hueco de las escaleras que, comenzó a bajar a toda prisa mientras sus lentillas se diluían por la intensa temperatura y los gritos y escombros se mezclaban a su alrededor. Fue detenido en el piso 81 porque el fuego, humo y calor les impedían seguir; una mujer recomendó subir a la azotea. Ascendió hasta el 91, donde comenzaron a caer personas, desmayadas o muertas. Pensaba en su familia cuando oyó claramente una voz llamándolo: ¡Ron! Miró a todos lados y no vio a nadie, pero la voz repitió su nombre, señalándole descender de nuevo al 81. Sin perder tiempo, echó a correr escaleras abajo y, al llegar a las llamas, la presencia le indicó con pasmosa calma y claridad: ¡Salta!

Con la adrenalina a todo pulmón, llegó al piso 70, todos los consejos habían sido certeros, pero ahora la voz calló. Estaba solo, bajó velozmente el resto de las escaleras; ya no había humo ni fuego. Al llegar a la puerta principal, vio una bola de fuego venir hacia él y se desmayó.

Ron no recuerda nada más, hasta despertarse tres días después en el hospital con los brazos muy quemados, una herida en la cabeza y un hueso roto. Muchos no lo creen, pero nadie puede explicar cómo Ron pasó por los pisos donde estaba incrustado el avión. Para él, que lo vivió, fue Dios o uno de sus ángeles guardianes. Para mi también, ¿y para ti?

ACLARATORIA

Agradezco su atención con respecto a esta explicativa, la cual considero de gran importancia.

La próxima historia es la historia de Julia y, está inspirada en eventos reales que tuvieron lugar a finales del siglo pasado. Sin embargo, a lo largo de la narración he incorporado personajes y situaciones surgidas de mi imaginación, con el fin de crear tramas interesantes que complementen el relato. Es importante destacar que esta afirmación no se aplica a la conversación en la iglesia de la Virgen de la Paz, lo sucedido en la UCI de la Clínica Román, ni las palabras expresadas por el vidente, señor Francisco. La narrativa en relación a estos eventos está ajustada con total precisión y fidelidad a lo ocurrido.

Por razones de privacidad y confidencialidad, los nombres de los personajes, instituciones y ciudades han sido alterados. La historia se desarrolla en una isla imaginaria situada en el Caribe: Antillanías, cuya capital es Bahía Blanca. Los hechos, en dos de sus ciudades más importantes: Marcayé y San Antonio de las cañas. Esta isla, fruto de mi imaginación, nació en mi pasada obra: "La otra mitad de mi vida".

JULIA

Mi nombre es Daniela Henríquez, nací en Marcayé, una ciudad y puerto lacustre de la Isla de Antillanías. Mi padre fue un español que, guiado por sus sueños de equidad, terminó exilado de su patria y mi madre, una venezolana que se enamoró de mi viejo, en un viaje turístico que hizo con mis abuelos a esta preciosa isla en el Atlántico.

Hoy, tengo que hacer parte de este libro una de esas vivencias que nunca se olvidan y que nos marca para siempre. Fue este hecho, una desgracia que bendijo mis días y me enseñó el resultado de practicar la fe, la caridad y la esperanza.

La historia acaeció hace ya muchos años, específicamente en el año de 1978, una época que, parece haberse perdido en mi memoria.

Fue una noche de un viernes del mes de octubre cuando me vi urgida a salir de mi casa a toda velocidad con lágrimas apretadas, sin poder creer que mi mejor amiga, Julia Caro, había sufrido un grave accidente y se encontraba en estado crítico.

Llegué al Hospital Central de San Antonio de las Cañas a las 7:30. La prisa elevaba mis pies del suelo, subía pisos, abría accesos en mi búsqueda afanosa. De improviso, me encontré en un amplio salón donde la rapidez estuvo a punto de ocasionarme un feo encontronazo con una gran puerta de doble hoja. Llegué a ella frenando mi impulso y me asomé por un vidrio atestado de huellas. Entonces la vi, estaba allí, tirada en una cama. Era la sala de Cuidados Intensivos. La percibí incómoda, desamparada. Cómo no iba a estar incómoda si su vida se escapaba, «Mi mente desvaría» pensé, y con impotencia susurré sintiendo el calor de mi aliento que rebotaba en la madera y sorprendía la tez de mi cara:

—Está tirada como un animal en la calle, sin contemplación ni compasión a su estado, desnuda completamente, sin ni siquiera un trapo que tapara su vergüenza.

Muy a mi pesar seguía observando a través del cristal embebida por la escena sin poder dar crédito a lo que veía. ¿Qué había pasado? Hacía sólo unas horas la había visto en perfecto estado. No, no era posible que estuviera jugándose la vida con tan sólo 27 años. No quería llorar tenía que mantenerse fuerte, tenía que pensar con claridad y decisión sobre lo que podía hacer para ayudarla. No podía morir, ¡por Dios que no! Julia, me conocía como una persona fuerte ante las adversidad y ahora, más que nunca, no podía fallarle.

La tormenta de pensamientos dicotómicos no dejaba de azotar mi mente, sentía que estaba al borde del colapso. Entonces, enderecé mi torso disipando mi atonía y secándome las lágrimas encaucé mi andadura con la determinación de buscar la familia, aquí no había cabida a otra cosa que no fuera la vida de Julia.

Sólo anduve unos pasos, cuando alertó mis sentidos el sonido brusco abrir de las puertas dando entrada al hermano menor de Julia, Leonardo. Lo noté disminuido, encarándome con ojos suplicantes y la tristeza encajada en cada poro de su piel. Al llegar junto a mí, me dijo en suave susurro:

—¡No puede estar pasando esto!

Como si fuera posible su figura menguó aún más ante mí al bajar su cabeza mientras frotaba sus manos una contra otra. Lo abracé compasivamente y sentí que él se dilataba confiadamente buscando la sacralización de su plegaria, como si yo fuera su único universo, la respuesta a sus ansias desesperadas por una salvación que veía lejana.

—¿Qué vamos hacer? —Tenía 19 años, podía entender su intemperancia. En ese instante se unió Manuel, otro hermano, mayor que Julia y por lógica de Leonardo; quien debía tener entonces 34 años. Se abrazó a nosotros unos segundos y quedamente nos avisó:

—Viene el doctor.

Efectivamente, un médico salía de la unidad y dirigiéndose al grupo preguntó por los familiares de la accidentada, Leo respondió que éramos nosotros y enseguida poniendo una mano en su hombro, expresó:

—"Recen, no podemos hacer nada ni dar esperanzas, va a morir en cualquier momento" ….

No me gustó el galeno. Olía mal, olía a licor, olía a pesimismo y conformidad, olía a desidia. Lo aprecié extraviado pese a que los exámenes le daban la razón, el hecho de estar en paro respiratorio era letal. Tenía que aceptar, pese a ser enormemente inaceptable que, Julia estaba partiendo de este mundo. Que, en este momento, estaba más en la próxima dimensión que en la que pisábamos llorando por ella.

—Leo, a ver cuéntame que pasó.

—Solamente sé lo que ya te dije por teléfono. Ella, venía de Canarios. Un gandolero la trajo y explicó que el carro estaba estrellado contra un cerro.

Declaró que, cuando llegó al sitio, había un cerco de personas que la daban por muerta. No obstante, se acercó para observarla mejor y cerciorarse de que realmente era así. Dijo con mucha seguridad, que se acercó a Julia poniendo sus dedos bajo los orificios nasales, pero al no sentir respiración, caminó alrededor del Maverick observando los daños para luego regresar al camión. Fue precisamente cuando oyó, una especie de lamento que lo hizo virar tempestivamente y, sin pensarlo ni esperar más, la sacó, puso en la plataforma de su rústico vehículo y la trajo directo al hospital.

Cabe recordar a esta altura en la historia que, todas las prendas que portaba en sus muñecas, como reloj y pulseras, fueron fríamente sustraídos por la plebe carroñera, junto con los valiosos anillos que lucía ese fatal día.

—El choque debió ser de proporciones monumentales. Según supe en emergencias, el médico me aseguró que había perdido masa encefálica por uno de sus oídos y al entrar en sala de choque, sufrió paro respiratorio y enseguida la subieron a cuidados intensivos—. Observé.

Entretanto, para mis adentros pensé: «el pronóstico, teníamos que aceptarlo era fatal».

No obstante, me mostré rígida, voluntariosa y terca, no iba darme por vencida fácilmente sin hacer nada. Urgí a los hermanos salir raudos del Hospital, porque no les quedaba nada que hacer allí.

—Conozco a alguien que podría salvarla, pero necesito tu ayuda.

—Lo que sea Dani, lo que sea por mi hermana—. Expresó con énfasis Manuel.

—Trataré de localizar a un gran amigo y mejor médico, es internista, específicamente intensivista..., vive en Marcayé ...te llamo cuando lo consiga, pero ahora búscate a tus amigos médicos, diles que consigan sacarla a una clínica, en este hospital ¡se nos muere Julia!

—Dalo por hecho, ya me pongo en eso, por favor llámame cualquier cosa.

—¿Me puedo ir contigo? —preguntó Leo

—Claro.

Carro similar al que tenía Julia cuando sufrió el accidente entre San Antonio de Las Cañas y Canarios

PARTE II

Rafael Suarez

Pese a ser difícil el momento para ello, sentí la urgencia de hacer una pausa para rememorar al ángel de la guarda que había sido Julia en mi vida. La bendición de su presencia en los momentos ásperos y aciagos que atravesé en mi matrimonio. Unión sin fundamento, sin siquiera rescoldos para aferrarse a la posibilidad de una esperanza.

Viví momentos muy peligrosos que afectaron reciamente mi estado físico y mental. Me sumergí en la desesperación por no poder encontrar la solución a una situación que no tenía figura y que no hubiera podido sobrellevar de no ser por ella y mi familia, quienes aprendieron a quererla, porque sin ambages, era muy fácil quererla. Ayudaba con mis hijos cuando no podía hacerlo y en los menguados momento de mi espíritu y materia, siempre su palabra de aliento oía y, de su hombro conseguía sujetarme para no caer ni dimitir en mis razones. ¡Que tiempos aquellos! No se los deseo a nadie.

Rafael Suarez, lo descubrí muy tarde, se distinguía por su monumental atonía mental. Un individuo carente de ambiciones ni sentido común para amarse y superar carencias y erratas, optando en su lugar por culpar a otros para enmendar sus errores. Sin embargo, esto era rosa comparado con cierta fémina de su familia llamada

Úrsula. Ser frío y calculador que parecía haber pactado con la oscuridad para lograr todos los deseos que se cruzaban por su mente.

Desalmados encuentros, marcaron un antes y un después en mi vida conyugal. El carácter tercamente obtuso de Rafael, lo convirtió en insoportable. Las constantes tensiones provocadas por su temperamento de mecha corta saturaban el ambiente, dificultándome hasta la respiración. No cejaba de incitarme a discutir, lo que socavó cualquier posibilidad de consolidar la situación, culminando todo en un desenlace predecible.

Su carácter atávico lo mantenía atrapado en una burbuja añosa, como si estuviera varado en una isla en las antípodas, lugar que yo jamás llegaría a conocer.

Siendo imposible mi sobrevivencia, di un giro al timón y puse el divorcio sobre la mesa manteniéndome firme en mis trece, sin ceder un milímetro. Había entendido, que no podía seguir con un ser que nunca colaboró en la tarea diaria de criar los hijos ni me dio apoyo ni estímulo en mi afán de superarme como mujer diligente y emprendedora. Por el contrario, me arrastró al hastío, al umbral del "aguante" de donde no había marcha atrás.

Fueron muchas las horas amargas y desafiantes en las que me obligó a mostrarle de que estaba hecha, porque definitivamente en los años compartidos, no había aprendido a conocerme. Estos momentos tensos se multiplicaron uno tras otro, pero no estaba sola, contaba con dos ángeles en la retaguardia, mi tía Aurora y Julia. En cambio, él no tenía sino protestas incoherentes y razones sin fundamento. En las postrimerías, se mostró desorientado y sin recursos, terminando de meter la ropa en la maleta con su rúbrica de mal genio, partiendo en su hermoso auto hacia la capital. Ese día, se marcaron con tinta indeleble nuestras almas, en la mía, la marca fue paz.

Por ello, no consideré tomar estrictas medidas legales con respecto a la propiedad que habíamos adquirido. Quería perdonar y olvidar, seguir con mi vida tratando de ser feliz. Esta omisión brindó a Úrsula la oportunidad de aprovechar a sus amigos abogados sin escrúpulos, para hacerse con la vivienda que legalmente correspondía a los hijos. Fui confiada en varias ocasiones, no percibiendo la ambición desmedida ni el deseo de apropiarse de todas las pertenencias de la familia, léase "de todos", tanto los de su madre como de hermanos. Fue tremendamente intrigante y astuta planificando los detalles para quedarse con la hermosa casa que habíamos adquirido en una excelente zona de la ciudad.

Entre todos los defectos que hallaba en mi marido, no estaba el que permitiera que alguien malversara el patrimonio de los hijos. Sin embargo, la realidad fue distinta: Rafael, ingenuamente, aceptó la dulce manzana que su hermana le ofreció, sin percatarse de que contenía cicuta. Tarde, se convenció de que lo único importante para la pérfida hermana era ella misma, en primero, segundo y tercer lugar.

Sin ninguna vergüenza, esta mujer buscó entre algunos delincuentes a los que representó como defensora para contratar a un ladrón de poca monta. El plan era que este malhechor se introdujera en mi casa y causara suficiente miedo como para que abandonara la propiedad.

Fueron períodos de espanto los que pasamos mientras el delincuente cumplía su misión. Se percibieron ruidos en el techo, se le vio deslizándose por las rejas de las ventanas durante la noche y parado en el patio a pleno día.

El asunto, para hacer el cuento corto, ya que no es el meollo de esta historia, es que el plan tontamente tuvo éxito. Al final, nunca se supo cómo Úrsula remató la casa y se ganó un buen dinero a costillas de la torpeza y candidez de su hermano y mía; privando a sus propios sobrinos de la seguridad de un hogar. Cuando Rafael recuperó la cordura y se dio cuenta de quien era en realidad la arpía que tenía por hermana, ya era muy tarde, una enfermedad había minado totalmente su salud. Entonces, sufrió en carne propia el mismo trato cruel y despiadado que había recibido su propia familia, aquella, que él engendró.

Estos dolorosos y deshumanizadores sucesos son cruciales para que todos comprendan los vínculos de afecto y confianza que, no sólo a mí me unían a Julia, sino a toda mi familia.

PARTE III

Dr. Pereda

Llegué a mi casa con Leo. Vivía en una pequeña Urbanización, llamada "Rio Largo" que construyeran cerca de Las Colinas Verdes, los hermanos Furlani.

—¿Quieres tomar o comer algo? — pregunté a Leo entretanto montaba la cafetera porque sabía que la noche que nos esperaba sería muy larga. No bien había empezado a borbotear el café, cuando comenzaron a llegar personas, la primera fue Iris; hermana, dos años mayor que Leo y tras ella, otras amigas.

Dejé la comida de Leo en manos de mi fámula y me dirigí al comedor donde tenía un mueble que en esos tiempos se usaban específicamente para el teléfono, me senté en él y comencé la faena de conseguir ayuda. Con dedos inquietos marqué todos los números que conocía en Marcayé, donde podía localizar a mi amigo Germán Pereda, médico reconocido por salvar vidas, por no darse por vencido en su lucha con la Parca hasta, como en la mayoría de los casos, ganarle la guerra.

Dejé recados por doquier. No había podido localizarlo, pero no me daría por vencida.

Bellas telefoneras muy de moda en los 70/80

Serví más café a quienes lo pedían y, pareciéndome oportuno contestar todas las preguntas sobre la persona que buscaba con tanto ahínco, les pedí acercarse.

—Les cuento: Este profesional a quien sin pensarlo le confiaría mi vida y que ante mis ojos tiene la exacta estatura espiritual e intelectual que requiere el caso de nuestra amiga Julia, es a mi manera de ver, el que podría salvarla. Total, en esta ciudad nadie creía en su posible recuperación.

—¿Es así de bueno?

—Me consta —contesté.

Hubo un minuto de silencio, como si dudaran de mi sólida confianza en un médico desconocido para ellos.

Háblanos de él por favor —Inquirió Iris

—Ok. Lo conocí cuando trató a mi padre quien murió por una operación mal hecha en una clínica privada, de donde lo saqué para llevarlo a la UCI que él dirigía. Se cuentan algunas travesuras como la de esconder los zapatos de los residentes cuando se quedaban dormidos durante la guardia. Ahora bien, más allá de estas memorias, lo verdaderamente relevante son sus logros como profesional en el campo de la medicina interna e intensiva. Su valía como médico es imponderable y ejemplar.

Como director de la Unidad de Cuidados Intensivos su trabajo es impecable.

En este preciso punto de la historia, permítanme tomar la máquina del tiempo para irme al año 2023 y actualizarles la historia sobre este médico que marcó un antes y un después en el Hospital Universitario, lo que da a esta narración más fuerza en su mensaje y valor para la posteridad.

«Desde la llegada de Germán Pereda al Hospital Universitario de Marcayé, las instalaciones cobraron vida y todo adquirió un aspecto impecable y funcional. Los pacientes que llegaban en una fase crítica encontraron nuevas esperanzas y cesó el fatalismo asociado al "piso 9", dejando atrás la conocida frase: "Todo el que entra allí, sale con los pies por delante".

Dicha experticia la obtuvo durante su trabajo y estudios en la ciudad de Londres, pero esto no hubiese servido de no ser por su gran corazón, amor a su profesión y fidelidad a un juramento.

Hace algunos años, estando en Marcayé con la intención de investigar para escribir un libro sobre el caso de mi amiga Julia, me se dirigí a su domicilio para que me narrara su participación y experiencia como intensivista. Quería obtener un detallado recuento del tratamiento que se le había prescrito, utilizando un lenguaje fisiológico preciso, recordando específicamente cómo se habían diagnosticado los daños en la anatomía de mi amiga.

Como siempre, Germán y su esposa me recibieron con amabilidad, generosidad y cariño. Él me indicó que lo siguiera a su oficina. Sentados frente a frente, hizo caso omiso de mis preguntas sobre el accidente, quizás porque la memoria le fallaba. Comenzó a disertar sobre la errada y desdichada atención que Julia recibió de ciertos galenos, quienes calificaron su caso como un "esfuerzo inútil". Parecía que le hubieran dado libertad para juzgar la actitud de colegas de poca dedicación, repitiendo sobre el grabador, una y otra vez el deber ser de un cófrade de la filosofía Hipocrática. Podría decirse que fue una clase magistral sobre cómo ejercer la profesión. En ella, podíamos oír cómo concluía, en contra de lo que vemos en estos años de locura: "No hay que pensar en lo que va a costar o en lo que se va a cobrar; el único interés del clínico debe ser, atender a quien sufre". Yo, no he querido borrar esta elocuente apología a la medicina y aún la guarda en mi antiguo dispositivo Sony."

Esto acaeció justo un día antes de que sufriera el infarto que lo internó por unos días en la Clínica Amaury. Corría el mes de septiembre del 2018. A pesar de ser un poco inadecuado, no pude dejar de ir a verlo, porque ignoraba si la vida me daría la oportunidad de volver a compartir con él, dado a que tendría que regresar a mi casa, allende las fronteras de Antillanías.»

Acelerando hacía el pasado en nuestra imaginaria máquina, volvemos al año 78, al instante cuando departía con los amigos, contándoles de Perera. Recordé la noche cuando daba vueltas en el pasillo frente a la UCI esperando noticias de mi moribundo padre, cuando lo vi salir con las manos llenas de carpetas, cajas y un proyector que prácticamente se le caía si no hubiera acudido en su ayuda. Intrigada, pregunté para donde iba tan cargado y a esas horas.

—Voy a una conferencia en el Rotary. Necesito recaudar fondos para la unidad. Debo persuadir a las personas pudientes sobre la trascendencia de este proyecto para que aporten un poco en favor de aquellos que padecen y necesitan medicamentos, como también aparatos para diagnóstico que, no hay o están averiados.

Esa era mi amigo Germán en esa época, un médico comprometido que día tras día sin perder las ganas, luchaba contra la indiferencia y la corrupción política, buscando aliviar a todos aquellos que lo necesitaban sin pensar lucrarse.

PARTE IV

Cigarrillos y café

Había como veinte personas regadas por toda la casa, cada quien comenzó a buscar un lugar para ponerse cómodo y esperar. Algunos rezaban, otros, simplemente conversaban atentos a los acontecimientos que se sucedían minuto a minuto. La cafetera era reemplazada una y otra vez y los ceniceros acumulaban cenizas y colillas con inusitada rapidez, obligándome a pedir la colaboración de todos para poder atender el teléfono.

Tratando de concentrarme en las llamadas, me ausente de todo. Cabizbaja, levantaba mi taza con la humeante infusión, para luego seguir marcando. En esos días no había internet ni celulares, les parecerá imposible la vida, pero no era así. Las comunicaciones se hacían libreta en mano, donde se tenían todos los contactos por orden alfabético. Tal fue la forma como iba buscando en mi agenda y señalando con una crucecita roja los teléfonos que me interesaban.

Cerca de medianoche pedí a los reunidos en la sala que cerraran la puerta principal. La había dejado abierta porque la procesión de amigos entraba y salía constantemente. Esto puede sonar a locura para los jóvenes, pero entonces, no era raro dejar la puerta abierta cuando tenías una visita o una reunión. Incluso por las noches, era normal encontrarse con el vecino y conversar largo rato en plena acera, con las puertas de los hogares de par en par.

Pasaron horas, finalmente la porfía fue vencida por la fatiga y la modorra. Los compañeros se fueron quedando dormidos en los sofás, en sillas y hasta en las alfombras. Me había quedado prácticamente sola, con el teléfono y una taza de café. A mi diestra y siniestra, Leo e Iris con la cabeza caída sobre la mesa del comedor, lucían inmersos en la tierra de Morfeo.

Mi labor quedó en la expectativa, no podía hacer más. La sensación de indefensión calaba mis huesos y arrugaba el corazón. Fue un segundo cuando me sentí derrotada, no tenía para donde correr en busca de lo que ansiaba. Al punto, la visión de Julia desnuda y llena de cables como un robot asustó los temores, aunque la pesadez que se respiraba en mi casa inerte, seguía flotando impía.

Cansada, me escurrí hasta la alfombra en un rincón del comedor. Estiré mis piernas, sintiendo una sensación deliciosa al palpar la suavidad de su textura. Al presionar mi espalda con fuerza contra la pared, una especie de corriente sanadora recorrió mi columna tanto tiempo encorvada. Realicé el silencio y algún ronquido en la bruma de los sueños despertó mi esperanza. Experimenté cierta languidez, pese a la cafeína, nicotina y adrenalina que recorrían mi sistema nervioso, y comencé a elevarme en delirios de añoranza.

En ese estado, desvelé un lienzo que revelaba el hermoso rostro de Julia irradiando la alegría que otorgan 27 años y, una canción de amor por la vida que fluía por sus venas a una velocidad vertiginosa. La avizoré con su guitarra al hombro, era el alma de las fiestas. Cada vez que nos reuníamos, todos le pedían que cantara y su voz contagiaba a la tribu de almas jubilosas que la seguía en coro. Era la única soltera del grupo, aunque quizás no por mucho tiempo. Había dejado a un ingeniero inglés con el corazón roto en Londres, y aunque había prometido volver, conociendo su espíritu libre, dudaba de que cumpliera esa promesa.

Sin duda, Julia se había ganado el cariño de todos los congregados en mi casa, pues el espíritu de servir era mayor a su bienestar. Era una mujer cariñosamente sencilla, de una sonrisa contagiosa, cuyo ánimo solidario y amable iba enrollando amigos a su entorno. Parecía extrovertida, pero sus más allegados sabían de su talante idealista y candoroso que le confería méritos de respeto y confianza. Tuvo que sacar valor cuando pidió a sus padres ayuda para viajar a Inglaterra y terminar sus estudios de inglés. Esto le daría un respiro por los menos, los meses que estuviera ausente de la casa.

Me vi con Rafael, no fue tan imperativa mi separación durante su ausencia porque él viajaba mucho a la capital, lo que convirtió mi casa en un oasis de armonía que aproveché para poner orden en mis ideas. Fue al retornar Julia que se multiplicaron las visitas de mi marido los fines de semana, hostigándome e impidiendo que saliera con los niños fuera de la ciudad como siempre lo planifiqué desde que él se había marchado a Bahía Blanca. Sin dilación, tanto Julia como otras amigas comenzaron a visitarme con regularidad para protegerme de posibles abusos. Fueron tan evidentes los desplantes de Rafael que se ganó el repudio de mis amigas y el de sus maridos que abiertamente me seducían con la idea de la separación.

Estas circunstancias fortalecieron mis amistades, sobre todo con Julia, por el cariño y amable trato con los niños. Eran frecuentes las actividades que inventábamos, lo que molestó el machismo de Rafael porque no era invitado. El resultado de estos paseos era maravilloso para los niños, por lo que no estaba dispuesta a ceder.

La más satisfecha con esta relación era mi madre que, vivía en constante zozobra pensando que, en mi soledad, cualquiera podría entrar a hacerme daño. Nunca le gustó Rafael y el tiempo le dio la razón. Cada vez que podía tomaba un avión rumbo a San Antonio de Las Cañas para estar conmigo. Ocasionalmente empujaba a su hermana Ángeles para que la sustituyera, lo cual ella hacía con beneplácito. De no ser así, se encadenaba al teléfono con Julia tratando de conocer mis pasos y los de Rafael, especialmente después de sospechar que me querían quitar la casa. Lo que consideré una locura que resultó a la postre la más pura realidad.

¿Porque dije que el viaje a Londres sería un respiro para Julia? Porque la vida tampoco a ella le sonreía. Su casa no era un remanso de paz y amor, todo lo contrario, el recibir diariamente acerbas criticas la hacían escapar del hogar apremiándola a comprar un auto, lo que hizo a la brevedad y a sus expensas. Era independiente, trabajaba con su hermano Manuel, cumplía diligentemente con sus responsabilidades y era mayor de edad, ¿porque entonces la criticaban tanto?

Se sentía "la oveja negra", así me lo hizo saber. A sus padres nada les gustaba, mucho menos que no los incluyera en sus actividades. Lejos de claudicar, Julia seguía viviendo según le dictaba el corazón: libre y con la gente que la aceptaba y quería. "El único deber que siento Dani, es con Dios y conmigo misma. Mis padres me han forzado a dejarlos y lo hago para no faltarles el respeto", me decía un día mientras comíamos ostras a la orilla de la playa. Estos pensamientos la hacían acercarse cada vez más a mis familias, tanto a los Suarez como a los Henríquez.

Sin quererme perder en mis argumentos, mi mente continuó recreando memorias y me encontré en el instante cuando viajé a visitarla en Ramsgate, un pueblo pesquero inglés situado al oeste de Kent. Fueron días inolvidables que por cierto dieron pie a que Julia fuera amonestada por infringir normas del sistema de educación. Sucedió al tercer día de mi llegada. Un policía escolar tocó la puerta del departamento para conocer la causa de la ausencia de Julia. Fue difícil convencerlo, si bien a la larga entendió que, se había tomado unos días para atender un familiar que había llegado de lejos, de todas formas, esto no bastó para obviar la multa que debía de pagar antes de entrar a clase la próxima vez. Alabé al estado y su forma de exigir respeto por las instituciones. Me parece que las buenas costumbres hay que dibujarlas como tatuajes indelebles en la conciencia de los niños en su temprana edad, sin látigo, pero con constancia.

Julia convino separarse del colegio "por motivos personales" dado que en el interín decidió viajar conmigo a Italia y compartir con mi amiga Mary que, me esperaba en Treviso, una ciudad en el noreste de Italia cerca de los Alpes que invita a pasear por todos sus alrededores, principalmente por la hermosa Venecia.

En medio de esta evocación, sin darme cuenta, me fui deslizando rendida sobre la alfombra donde me encontró Leo.

RAMSGATE

PARTE V

Julia salé del paro

¡Dani, despiértate!, acaban de llamar del hospital, Julia salió del paro respiratorio...

Mi cerebro aún adormilado, oyó la voz a kilómetros. Sin embargo, la nueva que percibí fue tan impactante que me incorporé de un salto. Sentí con desagrado un sabor amargo en mi boca; no podía ser diferente, después de no haber comido y consumido tanto café y cigarrillos.

Entré a mi cuarto sonriendo al ver a dos amigas rendidas en mi cama y sin despertarlas, me metí en la regadera. En ese momento eran ya las 10 de la mañana.

Mientras me apoyaba con ambas manos en la pared, dejando caer el agua fría sobre mi cabeza en un intento de liberarme de la pesadez que cargaba, repasé las últimas horas de mi vida. Qué frustrante impresión escuchar una y otra vez el sonido insistente de repiques sin respuesta, las frases monótonas de "no está" y "¿qué le puedo decir cuando vuelva?". En ese preciso instante, mis circuitos mentales cambiaron, trayendo a mi mente el recuerdo de el "sueño" que había experimentado. Parecía como si mi conciencia hubiera extrapolado la idea de que había tenido un desdoblamiento, y, sorprendentemente, me encontraba a punto de creerlo.

Lo que experimenté en esa vivencia tenía una realidad asombrosa, el tipo de realidad que persiste en nuestra mente a lo largo de todo el día después de despertarnos. ¿Podría ser que el presente sea una ilusión alterable? Fue en ese momento cuando recordé las palabras que escribiera Einstein a un amigo antes de morir: "Para personas como nosotros que creemos en la física, la separación entre el pasado, el presente y el futuro tiene sólo la importancia de un reconocimiento ciertamente tenaz. espejismo."

Sobre esto, la psicoterapeuta Jennifer Hiranya respondió: "En este estado de conciencia, el tiempo se percibe como lo que realmente es: un producto de nuestra imaginación, algo parecido a un sueño que proyectamos hacia afuera". Lo cierto en esta historia era que mi sueño era un desiderátum: la salvación de Julia.

Al salir, la cama estaba vacía y aproveché para cerrar la puerta y vestirme tranquila. Desayunaría esperando que mi labor de la noche anterior diera resultado; pues de no ser así, empezaría de nuevo con las llamadas.

—Señora, no tarde que se le enfría el desayuno —Oyó a su fiel Gabriela decir, cuando ya lista y perfumada llegaba al comedor.

Todos se habían ido menos los hermanos Caro, quienes me acompañaron a degustar los alimentos. Comía con cierta voracidad, el hambre era enorme y aún no terminaba lo servido, cuando el estrepitoso ring del teléfono rebosó el ambiente. De un brinco llegué a la telefonera, y de mi garganta no pude impedir que saliera una exclamación de alegría cuando oí la voz.

—¡Es Germán!

Iris y Leo en la mesa quedaron absortos mientras me oían contarle todo lo que había pasado incluyendo el paro respiratorio que era lo peor.

Él, me oyó en silencio hasta el final cuando me aseguró que, de ella no haber logrado salir de ese percance, ni siquiera valía la pena discutir el caso. No obstante, estaba dispuesto a verla y dar su diagnóstico.

Tomé nota del teléfono donde poder ubicarlo y convenimos volvernos a hablar tan pronto estuviera listo el plan para su trasporte.

Manuel se esforzaba por gestionar todo desde su oficina para mantenerse pendiente de cualquier novedad del hospital. De esta manera, logró entablar conversaciones con varios de sus jóvenes amigos médicos, mientras yo me encargaba de Perera y otras diligencias. Su profunda conexión con Julia se evidenciaba en la preocupación que sentía ante la gravedad de los hechos, mostrando así su gran sensibilidad. En su oficina de bienes raíces, compartían un trabajo y un vínculo perfecto de hermandad que daba excelentes resultados, hasta en el apoyo que le prestaba en los momentos difíciles con sus padres.

Le notifiqué que había localizado al doctor y me sorprendió anunciándome que ya tenía el avión para buscarlo. Que los pilotos estaban en el aeroclub esperando órdenes para poner en marcha los motores.

Llamé enseguida a Germán y le conté. Para mi alegría, me dijo que marcharía a la casa a tomar un baño y cambiarse para el viaje y en muy poco tiempo estaría en el aeroclub de Marcayé.

Terminamos de desayunar y le dije a Iris que fuera con Leo a cambiarse y que nos veríamos tan pronto fuera posible.

Llegué al Hospital cuando ya se había conseguido la orden para sacar a Julia. Los amigos médicos de Manuel habían obrado tal hazaña, no sin antes firmar un papel donde se liberaban de responsabilidades los facultativos, ya que según ellos, Julia moriría al ser trasladada. Así de fuerte fue la opinión que se argumentó en los documentos.

Manuel me estaba esperando para que acompañara a Julia a la Clínica Román, donde iba a ser internada. Le di las llaves de mi auto para que me lo estacionaran cerca de la institución y, junto a Leo esperé que mi amiga fuera instalada debidamente en la ambulancia antes de subir.

El viaje a la Román fue una experiencia tensa que demandaba mucho de nuestra resistencia. Estar confinados con Julia en ese reducido espacio y presenciar su profundo estado de inconsciencia a merced del juicio de cualquier persona que se acercara a ayudarla, resultaba conmovedor. Si bien, pudiera encontrarse en un plano más allá de nuestra comprensión, posiblemente en un lugar mejor que la Tierra, nosotros no estábamos dispuestos a dejarla ir. En ese momento, si nos escuchaba o no, era lo de menos.

Durante esos minutos, Leo y yo no cesamos de hablarle, de recordarle lo crucial que era que luchara y regresara. La situación nos mantenía en vilo, pero nuestra determinación de mantenerla cerca y nuestro deseo de que superara esa situación difícil, no menguaban.

Enfermeras y médicos esperaban la ambulancia. Julia fue trasladada con la prisa que ameritaba su estado. Leo y yo nos acercamos al grupo que rodeaba a Manuel en un largo pasillo. Más allá, en un salón, vi a sus padres y demás hermanos.

Conocí a los galenos amigos de Manuel, todos en los treinta. Presumo que por ello los directores del hospital los creyeron locos cuando pidieron sacar a Julia.

—Dani, una hermana de Luis Buendía, está también en coma en la Clínica Arteaga Ossa—. Me comentó Manuel

—¿Como es eso, que pasó?

—Dio a luz y no ha salido de la anestesia.

—¿Y porque la anestesiaron?

—Creo que le hicieron cesárea.

—Manuel, debo ir, soy muy amiga de Luis y su esposa.

—¿No vas a esperar a tu amigo? A estas horas, deben estar recogiéndolo.

—¿A qué hora crees que lleguen?

—Supongo, a más tardar, a las cinco.

—Entonces me quedo, iré por la noche a casa de los Buendía.

En ese preciso instante, irrumpió en la clínica una pareja fascinante. Un atildado caballero de líneas delicadas en un rostro que, desvelaban una edad de algo más de cuarenta. Caminaba hacia nosotros, con porte seguro y una sonrisa encantadora. A su lado, en armónica disparidad, se encontraba un anciano ligeramente encorvado, portador de un bagaje interminable de años que lo llevaba a apoyarse en un rústico bastón. Abrigaba su magra contextura en un liquiliqui gris de hechura simple. Su rostro, enmarcado por increíbles vellos negros, albergaba unos ojillos inquietos y a la vez cansinos, que pretendían capturar cada detalle, encubiertos bajo el ala ancha de su sombrero artesanal.

La escena cobraba vida con la fuerza innegable de estos individuos, cada uno llevando consigo una historia única. La fusión de elegancia y humildad creaba una estampa inesperada dentro de los confines de la clínica, dotando al lugar con una vibrante energía, tan necesaria en el momento.

Uno de los jóvenes a mi lado me dijo al oído:

—Es el doctor Pedro León, fue a buscar a este anciano en quien confía muchísimo. Se llama Francisco, es un yerbatero colombiano que tiene añales viviendo aquí y quien le ha señalado desenlaces asombrosos de muchos casos clínicos de gravedad y, al parecer, con mucha exactitud. Mira, Dani, no creo en estas cosas, pero mis colegas me confiaron que es cierto. El tipo ha acertado presagiando muertes y curas milagrosas a pacientes de León.

—¿Es brujo, espiritista o qué?

—No sé, pero el doctor tiene como 20 años que trabaja de su mano y siempre acierta, según me contaron.

«Mientras no diga una barruntada sobre Julia», pensé caminando hacia el frente del grupo para oír bien lo que el doc León decía:

—Manuel, fui a buscar al señor Francisco porque él tiene una gracia de Dios muy especial y, quiero que le hables de lo que está pasando.

—Gracias Pedro.

Seguidamente, y con pocas palabras contó al anciano lo que había ocurrido, desde el día de ayer hasta ese momento. Me llamó la atención que el señor Francisco se mantenía con la mirada perdida en el espacio, como si su alma estuviera lejos de nuestra presencia, sin embargo, se notaba atento a las palabras de Manuel, aunque no posara su mirada. El hermano de Julia terminó su relato y el viejo bajo la cabeza. Todos lo contemplábamos, nadie se movía, ni hablaba, se podía oír el ruido del vacío.

Así estuvimos por interminables minutos, fue un lapso de tiempo que no puedo darle exacta medida, hasta que el anciano levantó la cara y se dirigió a su amigo. Fue la única vez que le vi fijar sus ojos, estaban diferentes, grandes, diáfanos y afligidos. Alzó su brazo y posó el puño cerrado que sostenía el bastón en el hombro del doctor León para decirle:

—Pedro, me dicen que en otra clínica está otra muchacha joven como la hermana de tu amigo y, quieren que vaya a verla.

—Pero, Don Francisco, ¿qué nos puede decir de Julia?

—Me dicen que no puedo decir nada. Primero, debo ver a la otra joven para luego volver y decir lo que se me permita decir.

PARTE VI

Desconcertada, despedí a Manuel que salía hacia la oficina a llamar los amigos que estaban en el aeroclub. Luego, a hurtadillas bajé por las escaleras hacia la UCI para tratar de entrar.

Al llegar frente a la gran puerta, justo cuando estaba a punto de tocarla, esta se abrió como si los ángeles lo hicieran. Lejos de darle importancia, la enfermera desde el fondo del salón me saludó con una sonrisa. Sentí vergüenza por entrar sin avisar en un área totalmente restringida y aséptica sin ni siquiera una mascarilla, pero la chica engastada en impoluto blanco, me seguía sonriendo con una energía por demás hermosa y llena de dulzura. Al entrar, recelosa, miré detrás de la puerta y no había nadie.

—Qué bueno que viniste, ven —le convido extendiendo su mano.

Sentí que todo mi cuerpo se emocionaba sintiendo un amor extremo y una paz enorme en mi interior a pesar de que, en la camilla reposaba Julia moribunda.

La servidora tomó mi mano con gentileza indicándome como ayudar a hacer algo de fisioterapia a mi amiga.

—Necesitamos cambiar la postura de tu amiga y mover sus brazos y piernas para favorecer la circulación. Sin embargo, su rigidez es notable, y tu ayuda haría que todo sea más sencillo.

Siguiendo las indicaciones, intentamos flexionar su muslo y balancear su pie, pero nos enfrentamos a la sorprendente severidad de los huesos de Julia. Jamás imaginé tal nivel de inflexibilidad en el sistema óseo de alguien con vida. A pesar de nuestros esfuerzos conjuntos, no logramos ni un milímetro de movimiento. Esta experiencia tuvo un impacto profundo en mí.

Miré el reloj, faltaban diez minutos para las cinco, me despedí de la angelical chica, que dijo llamarse Josefina, prometiéndole volver para seguir intentando el tratamiento.

Subí al lobby, esta vez por el ascensor y fue mi mayor sorpresa coincidir con Manuel que llegaba con Leo, Germán y otros amigos que supuse los dueños del avión que hicieron la proeza.

Observé a mi amigo con alegría, tenía algunos años sin verlo y lucía igual que siempre. Su aspecto constituía de por sí, un motivo de cotilleo para los que no tienen más nada de qué hablar, ya que distaba por mucho de la impecable vestimenta de cuello almidonado y corbata que guardan sus colegas.

Una rudimentaria chaqueta con cremallera sobre una camisa de algodón cubría su delgada naturaleza, coronada por una gorra inglesa que nunca le había visto usar. El espíritu ecléctico y moderado gusto por la moda mostraba su libertad, coartada solamente por la práctica incansable de la medicina que, sin treguas sostenía feroces luchas con la muerte, que derrotaba con mucha frecuencia.

A mí ya no me sorprendía porque conocía mejor los verdaderos intereses de German, su andar desenfadado y pensamiento, distaban del glamour y de la preocupación por el qué dirán, haciéndolo a mis ojos, un ser excepcional.

Ya casi lo tenía frente a mí, cuando oí la voz de Manuel en mi oído:

—¿Ese es tu médico estrella?

—Calla Manuel, no te pongas pendejo. Contesté casi sin mover los labios.

—Hola Germán, ¿cómo estás que tal el vuelo? —Le pregunté mientras lo abrazaba dándole besos en ambas mejillas.

—Bien Dani, aquí estoy para ayudarte en lo que pueda.

—Lo sé, gracias —. Contesté con satisfacción pasando mi brazo por su espalda.

Manuel, actuó como anfitrión y después de saludar a todos, especialmente a los señores Caro, Germán me buscó con la mirada. Al conseguirme sentí como si quisiera ser rescatado. Me acerqué y, pidiendo permiso lo halé por un brazo y lo conduje a un rincón apartado.

—A ver Dani, cuéntame todo, quien es esta gente, que son tuyos, quien es esta mujer que tuvo el accidente...

—Germán, gracias por estar aquí, pero coge mínimo, ¿sí? No tengo muy buena relación con los viejos de Julia, pero ella y sus hermanos, bueno, casi son como familia, los quiero mucho y ella es mi mejor amiga, es la hermana que nunca tuve. No te importe nadie, por favor, has lo que siempre haces, luchar por la vida, sálvala Germán

—Está bien, la voy a ver y te voy a decir absolutamente la verdad, ya me conoces.

Los dueños y administradores de la clínica, tuvieron lógico recelo por este médico que se habían atrevido a meter en la clínica sin consultarlos.

Era un caso muy delicado, se trataba de la hija de uno de los personajes más adinerados de San Antonio de Las Cañas, poseía haciendas, comercios de automóviles y la mayor casa de bienes y raíces del país. Por lo que gentilmente cedieron, invitando a Germán a seguirlos hacia la UCI para auscultar a la moribunda.

El corrillo semejaba un enjambre de abejas y, como si fuera poca la tensión, apareció el doctor León con el anciano y todos salimos a encontrarlos como si fueran celebridades.

—¿Y bien Pedro? —Preguntó Manuel

—Ya. Él les va a contar lo que le dijeron sus maestros. A ver Francisco, cuéntales.

El noble anciano dio pasos lentos hacia delante y sin levantar la faz, dejo caer con la misma calma estas palabras:

"Señores. En este momento, lamentablemente la conciencia de dos muchachas muy jóvenes y queridas se encuentra en el más allá buscando la luz. Una deberá traspasar ese umbral y encontrar al padre creador. La otra en cambio, será devuelta al mundo de los vivos. Sin embargo, este trance no será fácil, pasaran muchos días, me dijeron que el tiempo de su regreso dependerá del amor que reciba".

—¿Cuál de las dos va a vivir, señor Francisco? — preguntó Leonardo.

—Joven, los ángeles no me permiten decirlo, pero pronto lo sabrán si abren bien los ojos.

En ese momento exacto, Germán emergió del ascensor, y todos olvidaron al vidente. Después de todo, el único que creía en él a ciegas era León. No obstante, aquellos que se quedaron hasta bien entrada la noche escucharon atentos los testimonios asombrosos narrados por el médico, donde el anciano había actuado como iluminado, ofreciendo revelaciones que, prodigiosamente, se habían materializado en varios de sus más desafiantes casos.

Lástima que no los recordara todos para contárselos, pero hay uno, quizás el más asombroso que, nunca se ha fugado de mi hipocampo.

El caso involucra a un joven que, al tratar de esquivar un camión, ejecutó un giro brusco en su moto. La máquina resbaló varios metros, arrojándolo al aire hasta caer al pavimento. Este impactante incidente tuvo lugar en la Avenida Las Américas de Bahía Blanca, justo frente a la Iglesia Santa María. Pasé a escasos segundos del accidente y presencié cómo el joven se incorporaba ileso. Sin embargo, más tarde me enteré de su tragedia.

Los testigos confirmaron lo que yo misma observé, añadiendo que, tras levantar la moto, el joven no pudo encenderla. En un acto inconsciente, se despojó del casco, y fue entonces cuando cayó, conformando una escena de horror, ya que su cuero cabelludo había quedado adherido al protector de cabeza.

De manera milagrosa, una ambulancia que se aproximaba en dirección contraria lo trasladó al hospital. La multitud congregada aseguraba que el muchacho ya estaba muerto cuando lo subieron al paramédico. El doctor León lo recibió en emergencias y, al percibir un leve pulso, actuó con celeridad, convocando al mejor equipo de neurocirugía que pudo reunir para enfrentar la misión casi imposible de salvar al moribundo de tan sólo 18 años.

León, estuvo en la operación como observador, no sin antes consultar al señor Francisco, quién le dijo que no se preocupara que, el muchacho moriría de viejo. En ese momento, él nos confesó que no le creyó. Tal como en ese momento nadie creía en la salvación de Julia.

El éxito del equipo de neurocirugía explotó los medios de entonces, la noticia fue motivo de primera plana en los periódicos y León fue entrevistado hasta en la televisión, es por toda esta barahúnda que lo recuerdo como si hubiese pasado ayer.

Germán había estado en la unidad casi una hora. Presintiendo que bajaría por las gradas me senté justo donde podía verlas. No pasó mucho más de ese tiempo cuando lo vi en el quicio del último peldaño, mirando para todos lados como buscándome.

—Por favor dime como está— pregunté instando una respuesta.

—Quiero hablar contigo antes de hacerlo con sus padres.

Prácticamente escondidos detrás del tramo de la escalera me confesó:

—Los doctores de la clínica son pesimistas. Yo, digo que su situación no es nada buena, tiene mucho que perder.

—¿Qué tanto, tiene alguna oportunidad?

—Te diría que, tiene ochenta por ciento que perder y veinte que ganar y dentro de ese veinte por ciento, tiene la mitad de probabilidades de quedar en estado vegetativo.

—Ayer, nos dijeron que moriría, así es que lo que me dices me llena de esperanzas. Tú trata con todo lo que puedas, con todo lo que sepas por favor— le dije en un abrazo

—Acá no tienen muchos recursos, necesito aparatos que aquí no hay….

—Ok, no te preocupes, habla con la familia, ellos tienen medios suficientes. Por mi parte, hablaré con Manuel. Confía en mí, no reparará en nada y hará lo que sugieras, yo te respaldo…

—Coño Dani, ¿en qué peo me estás metiendo?

—A ver, entonces vives metido en peos, ¿o no?

—Pero es distinto, me siento como si fuera Dios y tuviera en mis manos salvarla.

—Es así, eres su hijo y trabajas con amor, por lo que estoy segura que podrás.

—¿Y si se muere?

—Si eso sucede, que lo niego, entonces aceptaré que así lo quería. Anda, habla con sus padres, tranquilo.

Los señores Caro oyeron con detenimiento a Pereda y de paso, lo invitaron a cenar, el pobre, no tenía en el estómago más que el desayuno.

PARTE VII

Sin mucho ánimo, pero el corazón esperanzado, decidí salir a caminar. Germán se había ido con los Caro. Me invitaron, pero no quise ir, quería estar sola y volver a tratar de mover las extremidades de Julia.

Entré al cafetín y pedí un café con leche, no quería comer, aunque mi vientre gritaba el vacío, mi cabeza estaba en otra cosa; tratando de imaginar el incidente, ¿por qué?... Julia, manejaba muy bien.

Terminé con la infusión y me fui a cerciorar de la ubicación de mi automóvil. Luego, comencé a caminar sin rumbo fijo. De repente, me encontré frente a la bella iglesia de estilo gótico de "La Virgen de la Paz", la cual admiraba, pero no conocía. Quise entrar con la intención de pedir por la salud de Julia. Parada en el quicio de la enorme entrada me quedé mirando su interior y una inmensa paz cubrió mi mente y cuerpo. Miré hacia el altar lateral que estaba frente a mí. Una imagen de la virgen sobre el ara parecía mirarme y me dirigí hasta allá sin vacilar. Al estar delante de ella, la tristeza retenida ahogó mi corazón y lágrimas silentes empezaron a rodar por mis mejillas sin parar.

Comencé mi plegaria como si estuviera hablándole a mi madre. Hincada en un reclinatorio, con fe infinita, rogué por la vida de mi entrañable amiga, mi conversación fue sencilla, suplicante…me sentí pequeña.

Una monjita, conmovida al verme tan compungida se me acercó. No la sentí, hasta que posó sus manos en mis hombros y dijo con

EL HERMOSO SANTUARIO DE LA VIRGEN DE LA PAZ

Con la flecha les indicó exactamente donde
me arrodillé a conversar con la virgen

voz queda cerca de mi oído:

—"No sé qué te aflige hija mía, pero ten confianza, la virgen siempre nos escucha y sanará tus heridas".

—"Le estoy pidiendo algo muy grande, un milagro"

—"Ella es la madre de cristo, él no le niega nada" —. Dejé de sentir la calidez de sus manos y al alzar mi rostro, únicamente atiné a ver una frágil figura perderse detrás del altar mayor.

Fijé mi mirada en la Madre Santísima y sentí la suya.

—Madre, te ruego con humildad ver una prueba de que mi amiga va a sanar. No la necesito para creer, solamente deseo liberarme de este enorme peso en mi corazón. Ten piedad…—, imploré mientras secaba mis lágrimas.

Permanecí arrodillada todavía unos minutos más. Al sentirme serena, me persigné y levanté; más, indecisa, sin bajar el escalón que me separaba del piso, volví mi mirada hacía la bella señora y susurré: "no me desampares"

En tanto me iba acercando a la Román la tranquilidad se iba filtrando por mis poros como una suave brisa de montaña. Al entrar, a hurtadillas bajé de nuevo a la sala de cuidados intensivos. Despacito abrí la puerta y vi sentada al fondo la misma enfermera y me sentí aliviada.

—Hola Josefina, que bueno que sigues aquí.

—Entra, estaba a punto de preparar unas inyecciones que le mandó el nuevo doctor que trajo tu familia.

Me sonreí al darme cuenta que pensaba que era familia. Me acerqué al cuerpo inerte y bajé mi cabeza para hablarle al oído, pues a pesar de que según la medicina la actividad de ambos hemisferios cerebrales de Julia era nula o casi nula, no me importaba… y susurré.

—Soy yo, Dani, tienes que oírme, tienes que ayúdame a doblar tus brazos y piernas, vamos Julia, sola no puedo. Es vital que lo hagas.

Inmediatamente, al pretender comenzar con los movimientos, Josefina se volteó con las jeringas listas.

—Acabo de tratar, es inútil. Pedí una crema para hacerle masajes en su defecto.

La miré y sin darle fuerza a su juicio, agarré el pie y pasé una mano por debajo de la rodilla para impulsarla hacia arriba. Con una sonrisa, se quedó observando mi porfía mientras sostenía la inyectadoras. Cuando la pierna cedió a mi demanda, no una sino varias veces, casi se le caen las jeringas y con una expresión de sorpresa en su rostro exclamo:

—¡No puedo creerlo!, acabo de tratar antes de que llegaras. Esto es maravilloso. Déjame ponerle las inyecciones y proseguimos los ejercicios.

De hecho, así lo hicimos. Por más de media hora, movimos todo su cuerpo sin ningún problema, entretanto Josefina repetía que no podía creerlo.

En ese instante, entendí que estaba presenciando la prueba que había pedido, sus palabras de asombro eran el mensaje. Mis plegarias habían sido escuchadas y mi agradecido corazón sintió que la vida de Julia estaba garantizada por el cielo.

La abracé en un arrebato de euforia, mi ánimo había dado un vuelco total, la angustia se había corrido de mi estómago, ¡tenía hambre!

Cuando subí, todos habían llegado. Germán me dijo vería a Julia de nuevo antes de irse a dormir.

—Por cierto, ¿será que me lleves a un hotel? Esta gente no me ha ofrecido nada.

—No te preocupes. Tú, vas a dormir en mi casa.

Esa noche llegamos a casa cerca de las diez. Germán durmió plácidamente en el cuarto de uno de mis hijos que, disfrutaban en casa de mi madre. Al día siguiente, después de ver a Julia, se marchó; no sin antes, hacerme esta confesión:

—Creo que nos van a (*) "echar el muerto".

—¿Qué quieres decir?

—Comprendo que no apreciaran la llegada de un facultativo desconocido que no avalara sus opiniones, por el contrario, invitara a considerar el caso. Presumo que informarán a los padres de tu amiga para que la envíen a Marcayé. ¡Bah!, eso es lo que deduzco de sus expresiones y gestos, podría estar equivocado.

Pero mi amigo no se equivocó. El día lunes los galenos amigos de Manuel, le informaron que la directiva de la clínica les había participado que era mejor si trasladaban a Julia a otra clínica. Que, después de haber sido recetada por un doctor ajeno al staff de la Clínica, no se harían responsables.

* La expresión "echar el muerto" quiere decir deshacerse de un problema a base de endosárselo al primero que tengamos a mano.

PARTE VIII

Leonardo llegó muy temprano a mi casa con la noticia. Le contesté que ya Germán me había asomado la probabilidad de que eso pasara.

—No te preocupes, llama a tus padres a una reunión aquí en mi casa para decirles lo que considero debemos hacer.

Leo, como siempre le pareció perfecto y en cuestión de minutos, llegaban a mi casa los señores Caro junto a sus hijos, Manuel e Iris. No sentamos cómodamente en el comedor y después de servir un rico café con galletas que nadie probó, les detalle mi plan.

Después de contestar algunas preguntas irrelevantes quedó aprobado que yo partiría ese mismo día por carretera con Leo y, ellos esperarían mi instrucciones para trasladarse vía aérea si las cosas salían como pensaba.

Recuerdo tenía un Gran Torino, como el de la famosa serie de la época *"starsky y hutch"*, con la diferencia que era de un bello color vino tinto. En él, y con el apremio que ameritaba el momento, en cuatro horas estaba llegando a la casa de mi madre. Aproveché la tarde para estar con mis hijos y nos fuimos al parque hasta que el cansancio me hizo claudicar y la noche comenzaba a caer.

Al día siguiente, me entregué a las diligencias desde muy temprano y únicamente me detuve a comer. Al termino de cuarenta y ocho horas pude llamar a San Antonio para contarles que todo estaba listo para recibir a Julia.

En un principio, me pareció que alcanzar todo de manera impecable sería sumamente complejo. Estructuré un cronograma colocando los objetivos más desafiantes en primera línea, y para mi sorpresa, experimenté situaciones muy similares a la asombrosa experiencia con las puertas de la UCI de la Clínica Román. Las propuestas que imaginé más duras, fueron alcanzadas sin grandes contrariedades, ganando un tiempo apreciable.

El comandante de la Policía Regional, con amabilidad, me brindó atención y autorizó la escolta necesaria para abrir paso a la ambulancia, desde las afueras donde quedaba el aeroclub, hasta el Hospital Virgen de Lourdes, al otro lado de la ciudad. Además, me recomendó con el capitán de los bomberos del Aeropuerto, para que los paramédicos ayudaran al traspaso de la camilla.

En la sala de emergencias, se presentó un desafío crucial; Germán, una vez más, no era parte del personal médico y pensé que está vez el problema sería un hueso duro de roer.

Mientras mi mente urdía un plan, la fortuna volvió a sorprenderme al encontrarme frente a frente con mi padrino, el doctor Arteaga Bastidas, quien me cargó de meses en el bautisterio de la Catedral, convirtiéndose en mi protector de por vida. Esa tarde, como miembro del directorio, tuvo un rol muy significativo en esta historia, al dar las órdenes que permitieron a Germán recibir y tratar a Julia, hasta que estuviera estabilizada e internada en la UCI.

Por la noche, me reuní con mi amigo y lo invité a cenar. Le pareció increíble como había unido las piezas del rompecabeza de manera tan expedita. En tanto nos comíamos una enorme pizza en la mejor Pizzería de la ciudad, nos pusimos de acuerdo con el neurólogo que se encargaría del tratamiento de Julia; comentándome además que, lo de recibirla en el hospital no representaba mayor problema dado a que muchos médicos de la institución eran sus buenos amigos y compañeros en el Hospital Universitario, pero que le parecía mejor si la esperaba conmigo en el Aeroclub para asistirla en el traslado.

A mí me pareció lo mejor y me pregunté por qué no se me había ocurrido.

Al día siguiente, al llegar a almorzar, mi madre me dijo que Manuel había llamado varias veces.

—Que hubo, ¿todo listo?

—Me costó algo conseguir que el avión tuviera cabina despresurizada como lo recomiendan los médicos, pero ya todo está listo para salir mañana a golpe de diez. Te estaré llamando desde el aeropuerto. Conseguí pasajes para mis padres al mediodía. Yo, me voy con Julia.

—Bueno, diles que lamentablemente no los puedo buscar, porque iré con la ambulancia, es algo coordinado con la policía.

—¿Leo está contigo?

—Claro, pero mañana también está ocupado, lo mandaré en un taxi al hospital para que supervise la gente ya que Germán se viene conmigo al Aeroclub para acompañarla en la ambulancia.

Le di gracias a Dios porque todo salió conforme al plan. La  pequeña nave Cessna aterrizó sin ningún contratiempo. Al parar frente al edificio, distinguí la camioneta blanca entrando en la pista y colocándose a un costado, mientras el camión de bomberos del aeropuerto comercial se ubicaba casi debajo de las escalerillas. Esto facilitó la salida de los paramédicos, quienes ayudaron con el descenso de la camilla y el traslado de los múltiples aparatos al interior del vehículo junto a Germán. Manuel bajó acompañado por dos amigos que conocía y que seguramente monitorearon a Julia. Luego se unieron dos más, que supuse que eran los pilotos.

Le hice señas para que se apurara y entonces, después de repartir abrazos, vino hacia mi corriendo.

—Vamos amiga, es que tienen que regresar de inmediato, les estaba agradeciendo.

Con Manuel a mi lado, salí apresuradamente del estacionamiento hasta alcanzar la ambulancia que me esperaba para arrancar. Detrás, distinguí las dos motos de la policía que nos abrirían el paso. No podía perderlos, así es que mantuve una distancia prudente para evitar interferencias.

Impulsado por el apoyo de los uniformados, el chofer se aferraba al timón como un capitán surcando mares encrespados, imprimiendo con maestría una gran velocidad para llegar lo antes posible al puerto. Las luces pintaban de azul y blanco mi vidrio frontal a pesar de la claridad de la tarde. El escándalo era estrepitoso, impidiendo cualquier intento de conversación. A partir de los rugidos de las motos que apartaban sin porfía todos los obstáculos, hasta el ulular de la sirena, que más bien parecía un lamento.

Sin perder mi atención al volante, veía como las líneas blancas punteadas del pavimento se convertía en una, casi desvanecida por la presteza. Pensé en Germán que, seguramente se mecía continuamente, mientras se aferraba a la camilla, donde Julia ajena a todo, seguía inerme.

La curvas, hacían que Manuel se aferrara al tablero, sin gestos de temor y con la vista fija adelante. Su corazón, supongo, igual que el mío, aceleraba sus latidos aceptando que todo está baraúnda era una clara demostración evidente de esperanza.

En cuestión de minutos ingresamos bajando un poco la velocidad en los jardines del nosocomio, llegando finalmente a la entrada de emergencia.

A las seis de la tarde, Julia estaba instalada en el hospital con los cuidados más esmerados. Más tarde supe que varios galenos que trabajaban en la UCI se reunieron con Germán para considerar el diagnóstico. Todos opinaron como su director, un hombre joven, rubicundo y nada cooperador, que le comunicó sin atisbo de piedad que no hubiera permitido el traslado, pues le parecía impropio un gasto tan escandaloso en una persona que con toda seguridad iba a morir.

—¿En serio? Nosotros tenemos que luchar mientras haya vida —contestó algo molesto, añadiendo—: En este caso, si me lo permiten, yo puedo hacerlo hasta gratis. Con respecto al costo diario de la cama en la UCI que, además, veo media vacía, es de suponer que quien puede hacer un traslado de esta naturaleza tiene para pagar el hospital por muy caro que este sea, ¿no les parece?

—¿Tienes algún nexo con la joven?

—No se trata de eso, se trata de nuestro deber como médicos. Necesitamos hacerle los exámenes neurológicos que aún no le han hecho, sólo viene con el diagnostico de una grave lesión cerebral. A raíz del paro respiratorio de la cual salió hace una semana, no le han hecho nada importante. Le comencé un tratamiento con el que llegó hasta hoy. Le dejaron torcer las manos y pies porque se iba a morir. Les pregunto: ¿Porque no le pusieron férulas? Da vergüenza el gremio. ¡Los intensivistas existimos para casos como este, carajo!, no para dejarlos morir, ¡sino para luchar por ellos!

—Está bien, cálmate Germán. Le diremos al doctor Alberto Hook que se ocupe de ella.

—De eso también quiero hablarles, la familia quiere al doctor José Guzmán quien ya sabemos, está en Bahía, pero llega en dos días

Sin embargo, Hook haciendo caso omiso, la examinó y comunicó a la familia que el cerebro de Julia estaba gravemente dañado y que no tenía ninguna actividad cognitiva.

Yo, no estaba en ese momento en el hospital por lo que Manuel, no bien había dado la espalda Hook, cuando cogió las llaves del automóvil y corrió a mi casa a darme las malas nuevas.

Sin ánimo de engañarlos le afirmé:

—Conozco a ese neuro, no me gusta. No se preocupen que ya hablé con la secretaria de Guzmán, llega mañana.

—Pero Dani…

—No hay peros Manuel, ten Fe, José es el mejor neuro de Marcayé, confía en mí, hasta ahora creo que toda a salido mejor que en San Antonio, ¿no?

Después de hacerle tomar mínimo en su ánimo, nos fuimos de nuevo al hospital para hablar con sus padres, pero a pesar de toda mi palabreo, sobre todo la doña, seguía cabizbaja.

Llamé a Germán, pero estaba muy ocupado y no podía venir en el momento, el tiempo fue inmisericorde y las horas eran casi insoportables. A la sazón, me acerqué a Manuel.

—Trata de entretener a tus padres, llévalos al hotel. Aquí no podemos hacer nada. Voy a llevarme a Leo para el cine.

—Me parece bien, dentro de un rato me los llevo.

—Cualquier cosa, me dejas un mensaje en la casa con mamá. Nos vemos mañana temprano.

Tomé a mi amiguito por el brazo y le dije riendo:

—Vamos para el cine Leo, te invito a ver Rocky II que lo estrenaron ayer.

—Pero no quiero dejar a papá y mamá solos.

—Leo, ellos estarán bien con Manuel, no van a estar solos, además, solo serán dos o tres horas.

Así no más pudimos sobrellevar la angustia. Al salir del cine, teníamos otro humor y, tras hacer una llamada a Manuel, llevé a Leo a dormir a mi casa, se llevaba bien con mis hijos y a ellos les encantaba él.

Ya, a las nueve de la mañana y bien desayunados entramos a la sala de espera de Cuidados Intensivos. Los Caro ya estaban allí y respetando su rezo del rosario, no sentamos a su lado en silencio.

José Guzmán no tardó en llegar. Tenía tiempo que no lo veía desde que trató los dolores de cabeza de mi madre. Lucía impecable con su corte de cabello casi "al rape", sus ojos sinceros y sonrisa franca.

—Hola Daniela, ¿cómo estás?

Lo saludé con un beso en la mejilla y contesté.

—Bien José, ven para presentarte al matrimonio Caro, padres de Julia, quien está en la UCI por un terrible accidente.

Con diestra naturalidad, Juan alígero el saludo antes de que se convirtiera en una conversación en la cual aún, no tenía nada que aportar y, con un "con su permiso, los veré luego", me tomó por el codo y me llevó con él.

—Por favor Daniela ¿puedes acercarte? — preguntó ya frente a la puerta de la unidad.

—Germán me puso al tanto, pero su versión no es la misma que me dieron los de la UCI—. Me comentó casi en un susurro.

—¿Tú, crees en los milagros?, que ella esté aquí, ya es un milagro, anda revísala bien y nos cuentas.

—Esto va a tardar un poco, voy a hacer una revisión exhaustiva y, para eso necesitamos hacer muchos exámenes. Dile a la familia que estaré con ellos por la tarde. Vamos a ver en qué misión imposible me has metido—. Me dijo al final con una risa traviesa, cerrando la puerta a sus espaldas con un golpe seco.

PARTE IX

Llevé a Leonardo a buscar comida a un restaurante automático de la ciudad, para luego dejarlo en el hospital. Me dirigí a casa, ya que mi madre me había anunciado que prepararía hayacas, plato típico de su país que siempre disfrutábamos en navidad y que para mí era un manjar de dioses. No me tomó más de dos horas almorzar y darme un chapuzón, así que cuando Guzmán reapareció en el salón de espera, ya estaba presente.

—Buenas tardes. Lo que tengo que decirles creo que no es nuevo para ustedes, pero por lo menos confirma una esperanza. La salud de Julia está muy comprometida, pero conseguí pequeños signos vitales en el cerebro. Debemos esperar que el edema siga su curso desinflamatorio. Lo que sí es muy bueno, es que no vi hemorragias, aun así, no puedo predecir su suerte. Oren mucho, la vida de ella, está en manos de Dios más que en las nuestras. Con permiso, me retiro. Estaré pendiente.

Mi naturaleza me empujó hacia él y, tomándole por el codo pregunté y repregunté, obteniendo siempre la misma respuesta; por lo que regresé al grupo pensando que me bombardearían con preguntas, pero me equivoqué, ya que sólo Manuel vino a mí con visible prisa.

—Dani, acompáñame a la central telefónica para llamar a San Antonio, Iris debe estar preocupada como el resto de la familia.

Después, necesito me lleves a una agencia de viajes. Imagínate, ahora no sólo tengo que llegar a poner orden en mis oficinas sino también debo ocuparme de las de papá.

A las diez de la mañana del siguiente día, lo estaba despidiendo en nuestro recién inaugurado aeropuerto nombrado: A'ayula en honor a una de las tribus desaparecidas. Esa misma noche, ya estando en cama, recibí su llamada para decirme que la hermana de Luis Buendía había muerto en la madrugada.

—¡Dios!, no tuve tiempo de ir a verla. Voy a tomar un avión a ver si alcanzo llegar al velorio.

—Me dices para ir a buscarte.

—¿Cuándo lo supiste?, caray, me hubiese ido contigo.

—Apenas llegué, Pedro León me estaba tocando la puerta para decírmelo, recordando, además, las predicciones del señor Francisco.

PARTE X

Llegué a la iglesia antes de que terminara la misa de cuerpo presente. Me senté en los últimos bancos para escuchar a Luis, quien en ese momento comenzaba a leer el panegírico en honor a su hermana.

Después del sepelio, estuve un rato con la familia, hasta que Manuel vino a buscarme para llevarme a casa. Al día siguiente, muy temprano, me recogió nuevamente para llevarme al aeropuerto.

Me senté en el avión pensativa y abrumada. Una nube de desolación cruzaba mi cielo y el de mis amigos, algunos distantes a otros, pero al final todos se conocían. Me encogía el sentimiento ver a los Buendía destrozados, con un bebé que nunca conocería a su madre. Hasta cuando seguiría esta racha de malas nuevas —. Me preguntaba inmersa en mi soliloquio—. Me aterraba la posibilidad de recibir otra mala noticia, pero desgraciadamente, así fue; dos meses más tarde, recibí una llamada urgente en busca de los médicos que habían atendido a Julia.

Otro amigo había caído, esta vez fue Enrique Romero, víctima de la delincuencia. Fue un suceso que conmovió nuevamente a la sociedad, que aún tenía presente el accidente de Julia. Los asesinos ingresaron a su negocio, de instalación de equipos de sonido para autos y, sin mediar palabra, le dispararon en la cabeza.

A pesar de haber sido trasladado con extrema urgencia al hospital y de los esfuerzos de Guzmán; a quien localicé y viajó a atenderlo, fue imposible ganar la batalla. Otra familia de San Antonio de Las Cañas se guardaba en luto, otra golpe, esta vez del hampa común.

PARTE XI

Los días comenzaron a ser rutinarios después de un largo mes esperando una buena noticia, aunque cabría decir que, cada jornada que pasaba era una más ganada a la muerte. Únicamente los días que me levantaba en la madrugada para viajar a San Antonio de Las Cañas, tenían otro color para mí. El año había terminado y me traje los niños para que asistieran a clase y seguir con la venta de mi negocio que como todo, estaba muy mal. La ansiedad en la que vivía por todo lo que les conté del ladrón rondando y otras disimuladas amenazas, me hacían cerrar varios días, lo que llevó a pique mi próspera actividad.

De vuelta en Marcayé recibí llamada de Germán citándome en el Lourdes para conversar y me alegré, pensando que serían buenas noticias.

Como siempre me recibió con una sonrisa en su cara, siempre atribulada por sus pacientes de la UCI y, con marcada ligereza me comentó.

—Guzmán me dijo que no vale la pena que Julia siga en el hospital, ella está estable y pueden llevársela sin ningún problema. Diles a tus amigos que busquen un apartamento en la ciudad para trasladarla. Deberán seguir su tratamiento y sobre todo las terapias. Es importantísimo que la estén volteando y hagan movimientos de brazos y piernas. Lo mejor sería un fisioterapeuta, busca a Carlos Tartán, él trabaja en este hospital.

Esa misma tarde hablé con los Caro y me ofrecí a hablar con una bróker amiga para lo del apartamento. No hubo ningún rechazo ni preguntas, solamente me distinguieron con su confianza una vez más.

Al día siguiente los recogí para mostrarle un apartamento que, definitivamente estaba hecho para ellos. No me equivoqué y esa misma tarde se firmó el contrato. El hospital parecía estar desesperado por la cama que ocupaba Julia y nada más comunicarles que estaba todo listo para sacarla, nos contestaron que el alta estaba lista y podían sacarla de inmediato.

Esa noche, Julia por primera vez desde el accidente dormía fuera de un hospital.

El apartamento estaba ubicado en una zona alta de la ciudad desde cuyas ventanas se contemplaba el Lago Eputu, el más grande del país. La señora Caro le encantó el detalle y dio su bendición para que su esposo firmara el contrato.

Julia fue colocada en un cuarto grande donde la cama de hospital cupo perfectamente y había espacio por demás, para que el fisioterapeuta y su ayudante se movieran sin dificultad, por supuesto, seguro suponen y hacen bien al pensar que, el ayudante no era otro que mi persona, aunque Leo con los días, aprendió a asistirlo.

Había buscado información sobre cómo ayudar a una persona en coma y la más interesante me pareció aquella que sugería poner unos audífonos con sonidos intermitentes, como los que se oyen en la prueba de audición. Busqué y rebusqué, hasta que se me ocurrió ir donde un médico naturista amigo y ¡eureka! con su ayuda conseguí un casete con dicha terapia.

Fue lo último físico o material que pudimos hacer por ella. De allí en adelante sólo nuestro afecto y atención acompañaban su presente. Su vida la sostenía Dios y él era nuestra esperanza.

Sentada frente a ese cuerpo inmóvil, ausente, ajena a todo lo terrenal, pensé: "¿En qué punto de esta encrucijada de dimensiones se encontrará Julia? ¿Qué paisajes o deleites podrían mantenerla tan profunda en un embeleso del que no quiera regresar? Quizás su espíritu deambula junto a las esencias cósmicas, danzando en los dominios celestiales que trascienden la percepción humana, habiendo cruzado el umbral místico que aseguran divisamos al despojarnos de esta materia terrenal. En el trance del último viaje, los anclajes terrenales se desdibujan. Cuánto esfuerzo, cuánta dedicación, y cuán escasa reflexión sobre la verdad inmutable: la transición hacia lo desconocido. Un momento que acecha como alquimista del destino, transformándonos con un susurro sutil. Así ha sido tu destino, querida amiga; ¿qué pensamiento embargará ahora a tus padres? ¿Qué peso tendrán tus presuntas transgresiones en este momento en que no pueden guiarte, corregirte o imponerte directrices, mientras reposas en un letargo insondable sin conexión consciente, y ellos aguardan sin certeza, por si algún día recobraras tus sentidos?"

Los días se extendían como cadenas sin fin, cada uno más demandante que el anterior, pero mi compromiso permanecía inquebrantable. Con determinación férrea acudía diariamente para ofrecer mi asistencia dondequiera que fuera requerida. La asistencia que daba al fisioterapeuta convirtió la relación en una amistad entrañable con el paso del tiempo. No podía subestimar la importancia de colocar los audífonos a Julia para su terapia auditiva; estaba convencida de que cada ajuste, cada sonido captado, representaba un paso hacia su recuperación.

La señora Caro, a menudo me solicitaba que permaneciera mientras ella realizaba sus quehaceres cotidianos. En esos momentos de sosiego, aprovechaba para sostener conversaciones íntimas con Julia, evocando recuerdos de días más felices en un intento por avivar la llama de la vida en su interior. A veces, lograba percibir un fugaz destello de sonrisa en su semblante, lo cual me inundaba de una gratitud indescriptible. Sin embargo, la cruda realidad continuaba acechándonos como una sombra persistente: el proceso de recuperación parecía dictar un destino de estancamiento para el resto de sus días, una verdad que causaba una fea sensación en mi cuerpo.

El mes de febrero se despedía como cuentas de un rosario, para dar paso a otro ciclo con las mismas esperanzas depositadas en un horizonte incierto.

Aquella mañana en particular, llegué como siempre, encaminándome automáticamente hacia la cocina en busca de mi dosis matutina de cafeína. Sin embargo, la tasa que ya sostenía en mi mano por poco termina en el suelo estrellada a consecuencia del sobresalto que ocasionó en mí, el estridente grito de la madre de Julia, que resonó en la estancia con eco amenazante

—¡Dijo mamá, Daniela! ¡Anoche, Julia dijo mamá!

En dos zancadas libre la distancia que me separaba de su cuarto y al llegar, sin hacer esfuerzos por contener las lágrimas, la contemplé en shock sin poderme mover del umbral de la puerta.

La cama ortopédica estaba colocada a manera de asiento. Julia, lucia una de las primorosas piyamas que la madre había comprado y que sé, ella jamás se hubiese puesto. Ese detalle me obligó a salir del trance y riéndome, fui hacia ella para abrazarla y darle la bienvenida de nuevo a este mundo.

Cuando me separé, su mano tomó la mía y la apretó con la fuerza que le permitió la decorticación sufrida producto de la alteración profunda de su cerebro. Y con el arrastre de silabas que distingue el hablar lento de las personas que sufren estos traumatismos me dijo:

—Te oí cuando me hablaste en la ambulancia.

—¿Verdad? Pero si estabas dormida

—No. Pen…deja —dijo riéndose—. Es…taba mu…mu…erta. Teeen…go que con…tar..te las cooo…sas que vi.

—Julia—Oímos llamar con voz destemplada a la madre. Me paré de la cama enseguida y le di la cara.

—Mi amor, te hice una sopita de pollo que está muy sabrosa —. Le dijo mientras la ponía en la mesita y tomaba una servilleta para ponérsela en forma de babero. Luego se sentó para empezar a dársela ya que pasaría bastante tiempo hasta que la hija pudiera tomar la cuchara.

—Ma…ma….ma

—Si mi amor, dime.

—Dididile a Dadadani

—Creo que quiere que tú se la des, ven—me dijo invitándome a sentar en el borde de la camilla.

Esto paso muchas veces y la señora Caro fue transformándose en una persona intransigente, malgeniosa y celosa.

Los ejercicios de las manos y pies tratando de enderezarlos eran insufribles y Julia sólo soportaba que Leo o yo colaboráramos con el fisioterapista; lo que endurecía aún más el genio de la señora.

No hallaba que inventar para que la situación fuera de nuevo normal, el ambiente del apartamento se había tornado hostil, lo que pensaba, perjudicaba la recuperación de Julia.

Había pasado una corta quincena cuando tarde una mañana, llegué y vi a la doña sentada muy bien vestida en la sala. Su mirada se clavó en mí de tal forma que me sentí intimidada.

—Dani, por favor ven y siéntate aquí—. Me indicó mostrándome el sillón a su lado. Di unos pasos hacia ella presintiendo que entraba en un escenario sombrío. Su ceño fruncido mostraba rabia, preponderancia y propiedad en un espacio donde lógicamente no podía superarla, pero es que tampoco lo pretendía.

—Agradezco lo que has hecho por mi hija. Nosotros nos regresamos a San Antonio y nos vamos a encargar de que Julia mejore. Lamentablemente, no podrás acompañarla, porque creo que es desmedido el cariño que siente por ti y tú tienes tus obligaciones por lo que no puedes dedicarle más tiempo del que ya le diste.

—Señora, nunca he dejado mis obligaciones para atender a Julia. He hecho por ella, lo que ella hubiese hecho en mi lugar. Igual señora, lo hubiese hecho por cualquiera, si estuviese en mis manos. ¿Hablamos de conciencia?

—De eso se trata, de conciencia. Ella, ahora no puede decidir por sí misma, entonces la que decide soy yo y no te quiero en mi casa.

—Señora Caro, hoy entiendo más que nunca porque Julia huía de su casa. Y por favor, con todo respeto, no mezcle su autoritarismo con conciencia. ¿Sabe? De malagradecidos está lleno el infierno y no me refiero al de candela sino a esta vida que aún le toca vivir. Yo, viví la soledad de su hija y le agradezco que ella viviera la mía, creo que eso usted no lo entiende y lo confunde y tuerce según su ego. La maldad está en su conciencia y usted es responsable de la tristeza de su hija, usted sabrá lo que hace y es responsable.

—Dani, no olvides que estás en mi casa.

—No señora, usted no me dejaría olvidarlo, en cambio mi casa nunca fue privada para su hija ni para sus otros hijos tampoco. Me despido de Julia y me voy señora. Le dije levantándome.

—No hace falta—. Me contestó tomando mi codo.

—Si hace falta señora, puede venir conmigo si es que teme algo—. Le contesté halando mi brazo con patanería.

Agradezco al cielo que, la señora no intentó pararme porque quizá mi fuerza hubiera logrado mi objetivo de mala forma y no era mi deseo.

Llegué hasta el cuarto de mi amiga y me senté a su lado.

—Amiga ¿cómo te sientes?

—Bien, contestó con pausa.

—Vine por un ratito para decirte que no puedo acompañarte a San Antonio porque tengo mucho que hacer aquí. Estoy comenzando un nuevo negocio y tengo que viajar mucho a Estados Unidos. Cuando venga, te llamaré por teléfono y conversaremos.

—¡Noonono quieeero! ¡Quieeero iir pa tu caaasa como aaantes!

—Eso no puede ser querida amiga. No volveré para esa casa, quizás la venda—le dije mintiendo.

No voy a seguirles contando lo que pueden suponer. Dejé el apartamento ese día con una Julia llorando a mares junto a su hermano Leonardo que la entendía perfectamente. Después, me contó que logró calmarla y que también el ajetreo del viaje coadyuvó a olvidar el impasse.

En San Antonio, su familia y amigos la rodearon de atención y cariño para hacerla feliz. Lo que no supo nunca la madre fue que, las amigas la llevaban a pasear y me llamaban por teléfono para que hablara con ella. A Julia, le costaba hilvanar las palabras para decirme lo que quería, por lo que la situación se hacía difícil de mantener. Poco a poco nos pusimos de acuerdo para distanciar estas citas. Mientras, ella se recuperaba y se acostumbraba a su nueva vida.

Poco tiempo después, se la llevaron a Norteamérica para enderezarle pies y manos mediante una cirugía. Por consiguiente, fueron pasando los años; fueron muchos, antes de que la vida nos diera la oportunidad de volver a encontrarnos. Y, esa oportunidad no llegó hasta el nuevo siglo, en 2004.

En esa ocasión, las circunstancias me llevaron hasta San Antonio, y sin pensarlo mucho, me dirigí a su casa. Aunque pudiera ser que la madre tuviera aún la mente cuadrada y no me dejara entrar, no me importaba. Gracias al cielo, no fue así. Para mi sorpresa, una señora amable y educada me abrió la puerta e invitó a pasar. Sin embargo, debo decir que, al verme, el asombro se reflejó en toda su expresión.

—Dani, que sorpresa. Pasa, **estás en tu casa.**

—No quise ponerme dura, por el contrario, la saludé cortésmente, eso sí, con frialdad.

—Dani, antes de llamar a Julia quiero decirte que los años me hicieron razonar que lo que te dije en Marcayé fue muy injusto. La importancia de tu presencia fue crucial para la recuperación de mi hija. Fui impulsiva, subestimé la amistad, la verdad sea dicha, nunca conocí una verdadera amistad como la de ustedes. Julia me ha hablado horas de horas de ti y de tus hijos, su amor por ustedes y también por tu mamá y tu tía. Quiero de nuevo agradecerte con humildad tu dedicación y compasión; reconozco tu cariño y deseo incondicional de proteger a Julia. Cometí un error al separarte de ella, me equivoqué viendo las cosas desde mi perspectiva, como me dijiste ese día.

—Señora Caro, eso pasó hace muchos años, hubiera preferido que este perdón que aún no solicita, lo hubiese pedido sin tener que venir yo hasta aquí. No guardo rencores señora y por su hija, quien debe responder es usted, no yo. Así es que, no se preocupe por lo que piense o deje de pensar, vine exclusivamente a compartir un rato con ella, ver como está y marcharme de nuevo, lo que usted cree que rompió, lo llevo en mi corazón sin mella alguna, y estoy segura que Julia siente igual.

La señora se levantó y me dijo:

—Llamaré a Julia.

Desde entonces no la he vuelto a ver ni tampoco hemos hablado. Esa tarde del año 2004 que pasamos juntas, selló con recuerdos, una comida y un largo paseo, la amistad que siempre fue; una amistad imperecedera que nada ni nadie podría romper.

También supe de la experiencia cercana a la muerte (ECM) que tuvo cuando pidió no volver y donde vio a la hermana de Luis Buendía que, lamentablemente partió. Me recordó que, siempre quiso decírmelo en el apartamento nada más despertar, pero su madre nunca le había dejado a solas el tiempo suficiente. Esta experiencia, le dio motivos para ver la vida diferente y la ayudó muchísimo a convivir con sus padres.

No se las narro, porque es igual a cientos de casos que pueden encontrar en los medios; diferentes protagonistas, pero todos ven…

El tunel, la luz, la paz y el amor idescifrable ......

La muerte, no existe.

La amistad no necesita ver la persona que la inspira, solo necesita nacer de la sinceridad para durar eternamente.

M.G. Hernández

"La ventaja de la amistad es que no necesita frecuencia"

Jorge Luis Borges

En última instancia, la historia de Julia no sólo es una narrativa de superación personal, sino también un recordatorio de la importancia de la compasión, la comprensión y la aceptación en el proceso de recuperación.

Es tener fe en que podemos lograr todo aquello que anhelamos.

LAS LIBÉLULAS

EL ENTIERRO DE MI MADRE

Decidí concluir esta edición con un relato acerca de mi madre. Y, aunque sea poco convencional, quiero compartir los episodios prodigiosos que ocurrieron después de su fallecimiento a mediados de los años 80, como un pequeño tributo a su bondad.

Desde que empezó a sufrir una tos persistente que confundimos con gripe, hasta su fallecimiento, apenas pasaron seis meses; meses extraordinariamente largos para ella. Durante ese tiempo, de manera semanal, el "padre Chiquito" de la iglesia de San Alfonso, también conocida como Santa María, nos visitaba en nuestro hogar para impartirle la sagrada eucaristía. Este sacerdote, apodado así por su estatura reducida, destacaba no sólo por su físico, sino también por su dedicación al servicio, su bondad y su simpatía.

Los días transcurrían cansinos, la grave situación de mi progenitora era una realidad tangible. No obstante, me negaba obstinadamente a aceptarla, como si fuera una equivocación del destino y por ende, procuraba mantener mi rutina con enormes gárgolas en mi pertinaz cabezota. Una tarde, fui invitada a jugar cartas en casa de unas amigas, lo del juego no tuvo importancia sino lo que sucedió allí.

El apartamento de mi amiga se encontraba en el segundo piso de un edificio pequeño. Nos reunimos en el comedor alrededor de una mesa redonda. Yo estaba sentada frente a mi amiga Aurora, con Miriam a mi izquierda, faltaba llegar Eliza para tener el cuarteto, por lo que conversábamos alegremente tomando soda mientras la esperábamos. De pronto, se oyó el sonido fuerte y claro del teléfono desde una de las habitaciones y, simultáneamente, Aurora me miró de forma inquietante y me dijo: "Acaba de pasar alguien por detrás de ti, pero fue tan rápido que no pude ver su cara claramente".

—Pero ¿qué dices? ¿Sería Miriam que se paró?

—¡Yo no me he levantado!

—No Dani, vi claramente el celaje de una persona detrás de ti—. Insistió Aurora.

Justo en ese momento, la mamá de mi amiga Miriam se asomó al comedor y me dijo: "Dani, era tu hermano al teléfono. Tu mamá acaba de fallecer".

En ese momento, no pude pensar en nada más. Lo único que importaba era asumir mi papel de hermana mayor y ocuparme de todo lo que vendría después. Sin embargo, mientras conducía mi auto, concienticé que mi madre había venido a despedirse de mí, y un nudo se formó en mi garganta.

La misa de cuerpo presente, que se llevó a cabo en San Alfonso, fue ofrecida por su amigo, el Padre Chiquito. Durante la ceremonia, al referirse a ella y rezar por su alma, dijo lo siguiente:

—"Hoy, el ruego lo haremos de manera diferente. En este momento, frente al féretro que contiene sus restos mortales, pediremos a Aminta que, interceda por nosotros desde el cielo, donde estoy seguro de que se encuentra, al lado de nuestro padre".

Después de reflexionar sobre las palabras inspiradoras del sacerdote, quien conocía los secretos de mi madre a través de sus confesiones, no me queda duda de que ella ascendió rápidamente hacia la luz, aunque en ese momento no lo comprendí de esa manera. Sin embargo, todavía quedaba algo más por presenciar ese día.

Nos dirigimos al cementerio Corazón de Jesús, donde mi padre había adquirido un pequeño terreno para yacer junto a mi madre. Me lo dijo, la única vez que lo vi tan sensible como para contarme sus cuitas. Fue un 31 de diciembre quejumbroso, distinto, sin tanto bullicio ni tanta gente.

Junto a la fosa donde obreros terminaban de cementar, sin tomar en cuenta el efecto que producían sus labores, me encontraba acompañada por cinco o seis de mis amigas más cercanas, así como por la eternas comadres y compañeras de cartas de mamá, mis hermanos y otros allegados.

La tarde se extendía clara y soleada sobre el vasto cementerio. Un cielo despejado parecía abrazar nuestros corazones afligidos y, a otros grupos dispersos sumidos en su propia pena.

A mi lado, dos vecinos se alzaban en un pequeño montículo de arena, con sus manos en la frente cual visera. como si intentaran desentrañar un misterio oculto en el horizonte.

—¿Qué sucede? —inquirí al más cercano, percibiendo un dejo de incertidumbre en su mirada.

—No sabría decirte con certeza, pero esos diminutos puntos negros allá en el horizonte parecen... ¿una bandada de pajaritos? —respondió él, con tono impreciso.

—Veamos —murmuré, girando mi rostro hacia la dirección que señalaba.

Efectivamente una nube de puntos negros se acercaba lentamente, sin poder clasificarse. En ese momento, nos envolvió una sensación recóndita y, nuestras miradas se dirigieron al unísono, como empujadas por cierta fuerza magnética hacia el mismo punto del firmamento. Parecía que habíamos olvidado por completo el sepelio, para centrarnos en ese capricho de la naturaleza. Ya ni siquiera importaba la persona a nuestro lado; sólo nos impulsaba el deseo de descubrir qué era esa mancha en el infinito.

Con la incredulidad dibujada en cada uno de los rostros, los extraños puntos se fueron acercando, sin duda alguna, lo que fuera, venía directo hacia nosotros.

Los obreros apenas terminaban de salir de la fosa cuando distinguimos con precisión el tipo de volador que formaba la misteriosa nube. Un enjambre, si se puede llamar así, de hermosas libélulas pasó rasando nuestras cabezas para descender hasta la oquedad en la tierra. Maravillosamente comenzaron a dar vueltas como si estuvieran danzando al compás de las sonoras notas de un vals. Quedamos mudos, con los ojos fijos en los insectos alados que al concluir su místico rito, volvieron a elevarse por los cálidos aire marabinos hasta perderse allende el horizonte.

¿Qué podíamos decir? únicamente conseguíamos conjeturar que las criaturas, con toda seguridad, llegaban de algún portal mágico por donde mi madre habría traspasado a otra dimensión.

Nota personal: Después de recibir este mensaje me puse a buscar el significado espiritual de la libélula, y aquí les dejo la conclusión más sabia que encontré:

"El simbolismo de la libélula revela cómo ir más allá de la ilusión. El tótem de la libélula nos enseña la magia de las vibraciones cambiantes con el uso del color, y nos muestra la senda a los nuevos mundos <u>mientras ella danza entrando y saliendo por los portales místicos</u>".

FIN

Mi opinión cobre las ECM

Las ECM son narrativas de personas que cuentan su experiencia extracorpórea.

Viéndola desde mi palco se la describo como la siento:

Las experiencias cercanas a la muerte son como el embeleso del misterio más profundo y temido por desconocido.

Son palabras dulces entre la incertidumbre, de estar vivo y ausente. Es un viaje sin nave que rompe el velo de álgidos secretos. Es una danza entre la luz y la sombra, entre caminar y volar en aras de encontrar la fuente de la creación, el cobijo dilecto del padre. Son cuatro paredes de nubes donde entramos en la contemplación de la conciencia desnuda.

Son los momentos cuando quedamos postrados ante la magnificencia, belleza e indescriptible lucidez de reconocer el amor absoluto. Es la disolución del tiempo para conocer la verdad de lo eterno donde se mezcla el pasado, el presente y el futuro; reconociendo la fragilidad de la carne y la infinitud del alma.

Las experiencias cercanas a la muerte son un premio en el presente, un despertador de la conciencia aún si es oscura, porque al final simplemente queda el perfume de lo bello y la esperanza inextinguible. Son un regalo, una invitación a compartir conocimiento con el mundo y descubrirles que la muerte, es solo el despojo de lo humano para vestir la luz infinita.

Es mi capacidad de entendimiento, es mi voz sin la experiencia y, aunque la tuviera, hay cientos de versiones distintas, por lo que no es conclusiva.

Lo que sí es definitivo es **la energía (luz) y el amor.**

Sin embargo, no puedo quedarme aquí porque sé que muchos seguirán investigando, a esos, quiero agregarles que además de ECM, también hay quienes aseguran las EMC y aquí voy a copiar, para ser más exacta.

Uno de los primeros autores sobre ECM, es sin duda el Dr. Raymond Moody que desde 1975 escribió sobre el fenómeno. No obstante, su práctica lo llevó a ir más allá e irrumpió en el 2010 con otra obra escandalosa donde asegura las experiencias EMC, experiencias de muerte compartida; donde las personas sanas que acompañan al moribundo pueden participar en las visiones de éste durante el trance de su muerte.

A lo cual Roberto Aretxaga-Burgos, Doctor en Filosofía, Licenciado en Filosofía y Ciencias de la Educación. Sección Filosofía, Especialista Universitario en Ciencia, Tecnología y Sociedad, Madrid. Profesor de Filosofía y dueño de un grueso tomo de investigaciones, opina: "Tal posibilidad supone un salto cualitativo en los estudios actuales sobre la supervivencia post mortem, limitados hasta ahora al manejo de relatos subjetivos de experiencias personales, cuya única garantía de verdad y objetividad es la sinceridad de los informantes; un criterio a todas luces insuficiente para el escepticismo metodológico de la ciencia. Pero si la ciencia está en la obligación de exigir pruebas extraordinarias para hechos extraordinarios —especialmente cuando éstos presentan relación con lo sobrenatural, como en el caso de las ECM y las EMC-, también lo está en la de proporcionar explicaciones extraordinariamente satisfactorias a tales fenómenos".

Otra obra de la autora:

La otra mitad de mi vida

amazon

http://www.amazon.com/dp/9962126150

Hay relatos que te atraviesan el alma. Personajes que permanecen a tu lado mucho tiempo después de que cierres el libro. Tramas que te abren los ojos a mundos que no conocías; algunos de estos mundos, incluso, forman parte de nuestra realidad más cercana, pero esa proximidad nos impide, paradójicamente, verlos con claridad.

La otra mitad de mi vida, la primera novela de M. G. Hernández, reúne todos estos rasgos y nos los ofrece en un relato entrañable. Nuestra narradora es Clara Sophia Esquivel García, una mujer que podría ser tu vecina, tu amiga, tu familiar. Y es que una de las virtudes de esta novela es que lectores y lectoras pasearán por el relato casi como si lo estuvieran viviendo, gracias al tono familiar que emplea la autora.

La idea principal de la obra es que conocer a una persona puede poner patas arriba toda nuestra existencia y suponer un antes y un después en nuestra vida. El momento en que Clara conoce a Mateo es, sin duda, un ejemplo de la capacidad que tienen los seres queridos de aportar luz a nuestras biografías. A medida que avanzamos en el relato iremos descubriendo la historia de amor que se da entre los dos personajes y que, adelanto, probablemente no sea la que esperabais.

Esta novela parte del amor. Entre el dolor que existe en el mundo, rescata un mensaje esperanzador: si nos atrevemos a conocer a nuestros semejantes, si nos abrimos, llegaremos a ver que muchos de nuestros prejuicios caen por su propio peso. La trama está salpimentada con algunos temas candentes en las sociedades actuales. Por ejemplo, aprenderemos sobre los entramados de las adopciones y la importancia que pueden tener estas en la felicidad de niños y niñas. Leeremos también de la homosexualidad tema que bajo un multiplicación sin sentido e infinito del abecedario, pretenden confundir con otras cosas pérfidas y anormales a la sociedad; intentando la aceptación de un sin número de géneros, existentes sólo en mentes deformes.

Poco a poco iremos desgranando el secreto que rodea la vida de Mateo hasta llegar a un final inesperado. Pero no tengas prisa mientras lees, porque lo delicioso de esta novela es paladear sus personajes, las escenas cotidianas y extraordinarias que tienen lugar en ella, descubrir nuevos sabores a medida que nos adentramos en territorios inexplorados y dejar que el relato se cueza a fuego lento en nuestra imaginación.

Así, con calma y mimo, ha escrito la autora venezolana *La otra mitad de mi vida* desde el istmo de Panamá. Cinco años de documentación y redacción que se ven reflejadas en todas las páginas de la novela, aderezadas con el amor y la pasión que le pone la autora a las cosas que hace.

Tregolam
Madrid

AGRADECIMIENTO AL LECTOR

Todo escritor espera conseguir en sus lectores, su complemento, porque junto con ellos, la obra se hace perfecta.

Qué más quisiéramos, sino que, nuestras letras fueran apreciadas, tanto como el escribirlas. Sin embargo, hay libros que han sido la destrucción total de la existencia de su creador, como fue el penoso caso de Kennedy Toole, escritor, doctor en filología, a quien le fue negado la publicación de su texto "La conjura de los necios". Viendo como su trabajo era rechazado, en medio de una fuerte depresión se quitó la vida con tan sólo 32 años. Así de importante es la crítica o review; es una lástima que esta novela ganara el Pulitzer en 1981, doce años después de su muerte.

No pretendo ser dramática; solo recordarles en este cierre, que tomen cinco minutos de su tiempo y me honren con un comentario y unas estrellas en el medio que ustedes prefieran. Sería un placer compartir cualquier experiencia personal a través de mi Instagram @mghernandezg.

Es un pellizco en su día, pero representa un mundo en la esperanza de todos los que ofrecemos nuestra imaginación y experiencias para entretenerlos e informales, Agregando, además, lo que "dice" Google: Los libros mejoran el lenguaje, fortalecen la concentración y alimentan la imaginación. Espero haberlo logrado con estas páginas.

En una palabra, espero que este libro o mi novela La otra mitad de mi Vida, hayan sido el "serendipity" en este día.

Hasta el próximo con todo mi agradecimiento,

María G Hernandez G

Made in the USA
Columbia, SC
14 June 2024

36643887R00137